5分後に意外な結末 ex

チョコレート色のビターエンド

桃戸ハル 編著　usi 絵

Gakken

ブックデザイン・Siun
編集協力・高木直子、原郷真里子
DTP・四国写研

本書に収録の「死神」「知能犯」は『黒のショートショート』(山口タオ著／講談社刊)より、「ふられ薬」「彼女は公園で夢を見た」は『白のショートショート』(山口タオ著／講談社刊)より転載させていただいたものです。

目次

contents

死神《しにがみ》 012
食糧問題《しょくりょうもんだい》 020
密室殺人《みっしつさつじん》 026
恋愛《れんあい》メガネ 028
琥珀《こはく》の中の命 034
息子《むすこ》の親友 044

ふられ薬《ぐすり》 054
落下 062
華麗《かれい》なる裁《さば》き 064
心情 072
2匹《ひき》の狼《おおかみ》 082
100億円の価値 088
友人 096
父の交際相手 102
社長夫人 108

母に流す涙《なみだ》 116
秘伝《ひでん》のレシピノート 124
殺し屋の仕事 128
賢《かしこ》いスピーカー 134
ヒビの入った水瓶《みずがめ》と完全な水瓶 144
彼女は公園で夢を見た 148
月明かりの道 154
細く長く 162

開いた窓《まど》 166
罪と覚悟《かくご》 170
知能犯 186
寂《さび》しがり屋《や》 194
光の射《さ》す彼方《かなた》へ 204
神様からの贈《おく》り物《もの》 210
過去という未来への旅 216
泥棒《どろぼう》と占《うらな》い師《し》 226
ママからのメッセージ 240
黄金風景 248

死神《しにがみ》

「もしもし。高村《たかむら》だ。今日ちょっと休むことにしたから、よろしく頼《たの》む。――だいじょうぶ。風邪《かぜ》だ」

それからいくつか部下に指示を与《あた》えたあと、わたしは公園の中に入っていった。

朝の公園は人影《ひとかげ》もなく、静まり返っている。さっき出てきたターミナル駅の喧騒《けんそう》がウソのようだ。思ったより奥深《おくぶか》く、樹木《じゅもく》も大きくて、ちょっとした森をゆく気分だ。

ここなら独《ひと》りになれる。

柔《やわ》らかな光がもれる森の奥、わたしはベンチを見つけて、静かに座《すわ》りこんだ。

昨日会社帰りにいった病院で、死の宣告《せんこく》を受けた。医師はレントゲン写真を示しながら、わたしの要望どおり、隠《かく》すことなく真実を告げてくれた。

余命《よめい》3か月。進行の速い胃癌《いがん》だそうだ。ステージが進み、肺深部《はいしんぶ》への転移も見つかった。手術は難《むずか》しいらしい。

昨年の健康診断《けんこうしんだん》では何ごともなかったので、頭が真《ま》っ白《しろ》になった。

病院を出たものの、それからどうやって家に帰りついたのか……。ただ夜の駅に立ったとき、尾《お》をひくような光を帯びて闇《やみ》から迫《せま》ってくる電車が、わたしを死にひきずりこもうと、激しく誘惑《ゆうわく》したのを覚えている。疼《うず》き始めた胃を押《お》さえながら、わたしはその衝動《しょうどう》に必死に耐《た》えたのだった。

思い出して、思わず息を吸《す》いこむと、瑞々《みずみず》しい緑の空気が胸《むね》にしみわたっていった。不思議《ふしぎ》な気がした。死の恐怖《きょうふ》に怯《おび》えた一夜が明けた今、思ったより自分は淡々《たんたん》としている。自分のことよりも、家族のことにばかり想いがゆく。

ぽつんと残された妻の姿《すがた》。何度も何度も目に浮《う》かび、切《せつ》なく胸に迫《せま》ってくる。

だがまだ、一人息子の章一《しょういち》が社会人になってくれてからでよかった、と思わなければ。あいつの結婚《けっこん》には間に合わなかったけれど。……どんな娘《こ》と家庭を築いていくんだろうか。

わたしは自分のことはすっかり諦《あきら》めてしまったらしい。もともと自分の人生に拘泥《こうでい》していなかったのか。……いや、聖人君子《せいじんくんし》じゃあるまいし、その時になれば醜《みにく》く泣《な》き喚《わめ》くのかも。だが、それはその時のことだ。

残り3か月。貴重《きちょう》な時間をどう使うか、考えたほうがいい。

しばらく思いをめぐらせたあと、家族に真実を告げて、あとの時間のことをいっしょに考えよう、と決めた。定年後の夫婦の夢と漠然《ばくぜん》と考えていた、豪華列車《ごうかれっしゃ》の旅を実現するのもいい。

わたしは心を決めると、携帯《けいたい》電話を出して、自宅にかけた。すぐに妻が出た。

『あなた、どうしたの！　会社に電話したら、休んだっていうし。携帯にもぜんぜん出ないし』

心配性《しんぱいしょう》の妻の顔が浮《う》かぶ。

「ああ。ちょっと考えごとがあって、電源《でんげん》切ってたから」

『どこにいるの、今！』

「わけは話す。ちょっと出てこないか」

妻は最後まで聞いていなかった。

『市民病院から電話があって、なにか手違《てちが》いがあったから、すぐ来てくださいって』

「手違い？　なんだって」

『知りませんよ。あなた、いつ病院なんか行ってたんですか？』

電話の声は不安でいっぱいだ。

「心配するな。ちょうどいい。おまえも病院まで来てくれないか」

市民病院は午前の診療《しんりょう》時間が終わって、人の数も少なかった。妻はまだ病院に到着していないようだ。大きな待合室《まちあいしつ》を通《とお》り抜《ぬ》け、奥の階段《かいだん》を上がる。

手違い？　まさか誤診《ごしん》。癌《がん》ではなかったとか。……それは虫がよすぎる。期待などしないことだ。

消毒臭《しょうどくしゅう》の漂《ただよ》う長い長い廊下《ろうか》のいちばん奥の部屋に向かって、わたしはゆっくりと歩いていった。

「同姓《どうせい》の患者《かんじゃ》がいて、レントゲン技師か看護師《かんごし》が取り違えたらしいんですわ。まことに申《もう》し訳《わけ》ないことをしました」

目の落ちくぼんだ初老の医師は、簡単にそう言ってのけた。

そして昨日とはうって変って、なんの影も見当たらない胸部《きょうぶ》と腹部《ふくぶ》のレントゲン写真を示しながら、

「多少胃下垂《いかすい》気味ですが、心配なし。胃痛《いつう》はストレスからでしょう。仕事はほどほどに」

なんてこった。信じられない。

「ひどいですよ、先生。危《あや》うく電車に飛びこむところだったんですよ」

医師はまた頭を下げたが、わたしの口調《くちょう》は責めるものではなかった。それどころか、さっきまで淡々《たんたん》としていた心からは信じられないほどの歓喜《かんき》が湧《わ》きあがって、唇《くちびる》が震えだすのがわかった。

「今の先生は仏様に見えます。昨日の先生は……その、なんですが……」

「昨日は……死神でしたか？」

あまり表情のなかった医師が初めて微笑《ほほえ》んだ。そしてカルテに書きこむと、写真をファイルに戻《もど》し、デスクの上に置いた。

「ま、よかったですな。おだいじに」

デスクには、もう一つファイルがのっている。医師は落ちくぼんだ目で、見るともなしにそれをながめている。

ドキリとした。

あれは死の宣告書《せんこくしょ》だ。昨日わたしは誤ってそれを受け取り、見知らぬ誰《だれ》かの恐《おそ》ろしい運命を垣間見《かいまみ》てしまった。今それは、正当な受取人を待っている。

わたしはいたたまれなくなって、逃《に》げるように診察室《しんさつしつ》を出た。

もうここには来たくない。あの医者もなんだかイヤだな。

そんな気持ちに苛《さいな》まれながら、長い廊下を抜《ぬ》けだすと、やっとほっとした。

きょうはじっくり家族と話そう。この2日間のことを。わたしの心に去来《きょらい》した想いを。そしてこれからの……長い人生を。

うそのように胃の痛みは消えていた。

階段を下りきった時、妻とスーツ姿《すがた》の息子に出くわした。心配性の母と子だ。

「なんだよ、父さん。どうしたんだよ」

わたしは晴れやかな声で答えた。

「だいじょうぶ。仕事のしすぎだとさ。だからこれから母さんと旨《うま》いもんでも食って、豪華列車の旅の計画を立てるところだ」

2人は、あきれたように顔を見合わせた。

「もう心配させんなよー。母さん、真《ま》っ青《さお》な顔だったんだぜ」

「すまん。気をつける」

「ふぅん。今日はずいぶん素直《すなお》だね」

章一がいうと、妻がやっと笑った。わたしも苦笑した。

「ね。おれもいっしょにランチするから、ちょっと待っててよ」

そして階段を上がりだした。

「どこ行くんだ。なにか用か」

「うん。会社に電話があって、なんか手違いだってさ。すぐすませるから」

そういって手を上げると、2階へ消えていった。

わたしは青ざめて、妻をふりかえった。

「おまえが章一を呼《よ》んだんじゃないのか」

「いえ、今そこで偶然。会社の健康診断があったらしいの——あなた、どうしたんです?」

だめだ。

行っちゃいけない。

声にならない呻《うめ》きをあげて、わたしは震える足で階段を上った。

死神だ。あいつは死神だ。

あの部屋でおまえを待っているんだ。

「章一ぃ!」

だがわたしの絶叫《ぜっきょう》が届《とど》くまえに、長い廊下の遥《はる》かな奥に小さな影《かげ》は消えていた。

(作 山口タオ)

食糧《しょくりょう》問題

あるーつの疫病《えきびょう》によって、人類は滅亡《めつぼう》の危機《きき》を迎《むか》えた。

それは、10年前のことである。ニューヨーク郊外《こうがい》の一角で突然《とつぜん》、かつてない強力な感染力《かんせんりょく》を備えた新種の疫病があらわれ、感染者を拡大《かくだい》させたのだ。

疫病は人から人へと、ワクチンが開発される間もなく超高速《ちょうこうそく》で伝染《でんせん》し、たちまち都市を覆《おお》い尽《つ》くした。その勢いは衰《おとろ》えを知らず、ついには全米をまるごとを飲《の》み込《こ》んでいった。

陸海空で、大量の人の移動を可能とする高度な国際交通ネットワークは、感染者を増やしたい疫病にとって、好都合でしかなかった。

そして、発生からわずかーヵ月ほどの間に、全世界が疫病に覆《おお》われてしまった。

世界の様相《ようそう》は一変した。もはや国が国として存立《そんりつ》していることの意義は失われ、世界から国境が失われてしまったのである。

——それから10年がたった。

この年、かつて東京と呼ばれた場所で重要な会議が開かれた。食糧問題《しょくりょうもんだい》について話し合う会議である。各エリアのリーダーと呼《よ》ばれる者たちが集まった。

会場は重苦《おもくる》しい空気に包まれていた。

「これほど深刻《しんこく》な事態になってしまうとは……」

議長は、うめくような声を出した。議長だけではない。この会議に出席した者全員、苦しそうな、うめくような発言である。それは、事態の深刻さを物語っているようでもあった。

「我々が調達できる食糧は年々減り続けている。一方で、人口は爆発的《ばくはつてき》に増え続けている。このままだと、我々の未来は恐《おそ》ろしいことになります…」

副議長は、そう言って大きくため息をついた。出席者の多くは、手元の資料も見ていない。資料など見なくとも、実感でわかっているのだ。

すると、ある1人の若者がたまらず声をあげた。

「みなさん、どうしたんですか？　そう簡単に匙《さじ》を投げないでください！　どうにかしましょう！　それを考えるのが、我々の役目でしょう。……誰か何かよいアイデアはないんですか!!

何か、食糧を増産する方法は、ないんですか!!」

年配者《ねんぱいしゃ》たちは、あからさまに困惑《こんわく》した表情を見せた。

「……我々にできることはすべてやっている。現状の厳《きび》しい環境《かんきょう》で、これ以上食糧を増やすことなど、とてもできない…」

が、その言葉は、出席者たちには受け入れがたいものだったようだ。

「すべて? 何をやってきたか言ってみろ!!」

会場は怒号《どごう》に包まれた。

「ちょっと、待ちなさい!!」

そう発言したのは1人の女性出席者だった。

「言わせてもらいますが、みなさん、増産、増産と言いますが、食糧を増やすことよりも、限られた食糧を残さず食べることを考えたほうがいいのではないですか?」

「……食品ロスのことですか?」

議長が尋《たず》ねた。

「そうです。みなさんも身に覚えがあるはず。大事な食糧を食べ残して、ほかの食糧に手を出したことが……」

その言葉には、誰もが目をそらして下を向くしかなかった。すると、議長はこうつぶやいた。

「美味《おい》しそうに見えて食べたはいいけど、途中であきて、残りのものを捨《す》てる。で、また別の美味しそうなものを食べる。たしかに、我々は、いつのまにか完食するという習慣を忘《わす》れてしまっていますね」

女性はこくりとうなずいて、こう付け加えた。

「私の調査では、98％の者が食事で食べ残しをしています」

「そんなに我々は食糧を無駄《むだ》にしていたのか……」

出席者はみな驚《おどろ》きを口にした。

「たしかに、これまでは飽食《ほうしょく》の時代だったかもしれません。我々は食糧が無限にあると思っていました。しかし、もうそんな時代は終わったのです。食糧危機、それは我々自身が招いた結果だと認識《にんしき》すべきでしょう」

女性の言葉に、全員がうなずいた。

ところが、先ほどの若者だけは、イラついた様子でこう言った。

「……それでは、我々にどうしろと？　今日から食糧の食べ残しをなくせと？　完食しろと？　そういうことですか？」

すると、女性は冷静に言い放った。

「そうです。食糧の食べ残しを禁じる法律《ほうりつ》を設けるべきでしょう。食べ残し禁止法です。この法律に違反する者は、最悪の場合、牢《ろう》に入れて拘束《こうそく》すべきです」

「しっ、しかし、そんなことが受け入れられるはずはない。我々には自由に食べる権利《けんり》もあれば、自由に食べ残す権利もあるはず。それに権利以前に、これは本能にかかわる問題でしょう」

若者の言葉をかき消すように、女性は毅然《きぜん》とこう言った。

「それしか、この危機を乗り越える方法はないんです！　なぜなら、完食は、食糧問題と人口問題という、2つの関連した問題を同時に解決する唯一《ゆいいつ》の方法なのですから」

「というと？」

議長が尋《たず》ねると、女性はゆっくり立ち上がり、声を響かせた。

「人口が増えることは歓迎《かんげい》すべきです。我々の仲間が増えるのですから。しかし、なぜこれほどまでに人口が増えたかというと、食べては捨て、食べては捨てを繰《く》り返《かえ》してきたからです。

食糧を見ると、どうしたって食べたくなって、食べる。一口でも食べれば、食べられた者が感染し、たちまち我々の仲間が1人増える。我々は完食をしないので、すぐに空腹《くうふく》となり、また新たな者を食べ、仲間が増える。その仲間もまた同じことを繰り返す。これでは、食べ残しが増えるばかりか、人口も増える仕組みになっている。でも、きちんと完食をすれば、空腹は満たされて、しばらくは新たな食糧に手をつけることもなくなる。つまり、食品ロスがなくなる。そして、仲間が増えることもない。人口増加が抑制《よくせい》されるわけです」

それを聞いて、議長をはじめほとんどの者が複雑な表情となった。

「そんなことは…、そんな理屈《りくつ》は、ここにいる誰もがわかっている…」

そして、議長の心のうちを代弁《だいべん》するように、若者が続けた。

「でも、しょうがないでしょう！　我々は、人間を見れば襲《おそ》いたくなる本能をもったゾンビになってしまったんだから！」


（作　桃戸ハル）

密《みっ》室《しつ》殺《さつ》人《じん》

その部屋は、完全なる密室であった。

四角い部屋の、その中央部――。

あお向けに倒《たお》れた若い男の胸《むね》には、包丁《ほうちょう》が刺《さ》さっており、男はすでに絶命している。

ベテラン刑事《けいじ》と若い刑事が、現場検証《げんばけんしょう》をしながら話している。

「警部《けいぶ》、かなり強い殺意ですね。包丁が、心臓《しんぞう》に真《ま》っ直《す》ぐ突《つ》き立《た》てられています」

「…ふむ、たしかに…」

「それに、この部屋には、台所道具なんて置いてなさそうですから、包丁は犯人が持ってきたのでしょう。状況《じょうきょう》からして、計画的な殺人のようです。しかも、完全なる密室殺人事件であります」

「…ふむ、たしかに…」

「コンクリートがむき出しの天井《てんじょう》と床《ゆか》。四方の壁《かべ》には窓《まど》はなく、扉《とびら》もありません。つまり、出入り口はどこにもないということです」

「…ふむ、たしかに…」

若い刑事は、いぶかしむように部屋の中を歩き回って言った。

「それより警部……犯人はともかく、私たちも、いったいどこからこの部屋に入ってきたのでしょうか？」

「…ふむ、たしかに…」

（作　井口貴史）

恋《れん》愛《あい》メガネ

勇気がなく、異性《いせい》に告白できない人はたくさんいるだろう。相手の気持ちなんて分からないし、もしフラれでもしたら……。そう思うと一歩が踏《ふ》み出《だ》せないのだ。

しかし、意中の相手も、実は自分のことが好きだったというケースもある。自分が勇気を出せなかったばかりに、2人は結ばれずに終わる。そんな悲劇《ひげき》は、あってはならない。

そんな思いから私は3年の月日をかけ、ある発明品を完成させた。

その名も、「恋愛《れんあい》メガネ」。

なんと、この薄緑《うすみどり》のメガネをかけて相手と3秒間目を合わせると、告白した時の成功率が分かるのだ。

人間というのは、恋《こい》に落ちる時や一目ぼれをする時、ある種の恋愛ホルモンを分泌《ぶんぴつ》する。私はそこに目をつけた。この恋愛ホルモンの分泌量さえ測定できれば、相手が自分のことをどのように思っているのか、恋愛対象として脈《みゃく》があるのかが分かるしくみである。メガネで測定し、70%以上の数値《すうち》が出れば、努力しだいでその恋は成就《じょうじゅ》するだろう。しかし10%以下ならば、残念ながら、その恋はあきらめたほうが賢明《けんめい》だ。

つまり、この発明によって、成就する可能性が低い恋の橋を渡《わた》らなくて済《す》むのだ。高い数値が出れば背中《せなか》を押《お》すことになるし、逆の場合でも無謀《むぼう》な告白によって傷《きず》つくのを防ぐことができる。素晴《すば》らしい発明である。

しかし、開発者の私自身はというと、このメガネに頼《たよ》るほど女性にモテないわけではない。容姿《ようし》にも自信はあるし、なにせ、こんな発明ができるくらいだから抜群《ばつぐん》の頭脳《ずのう》をもっている。その気になれば、いくらでもモテることができる。

勘違《かんちが》いされると困《こま》るが、この発明は、あくまで臆病《おくびょう》な人たちのために作ったのだ。

ただ、この大発明は、まだ完成したばかりで実証実験をしていない。おそらく、まだまだ改良しなければならないことはたくさんあるだろう。

例えば、これだけの機能をメガネに収《おさ》めるとなるとレンズも厚くなるし、それを支えるフレームも太くなるので軽量化は必要だ。ただ、そのために、測定の精度が落ちてしまっては意味がない。

いろいろ考えて、やはり最初は自分自身で試してみることにした。これまでは、この研究のために恋人を作る時間的余裕《よゆう》などなかったが、私もそろそろ彼女がほしいと思っていたのだ。このメガネを使って高い数値が出たら告白をすればよい。つまり、検証と恋人作りとの一石二鳥《いっせきにちょう》だ。

さっそく私はメガネをかけて街に繰《く》り出《だ》し、タイプの女性を探《さが》した。探していてわかったが、見ず知らずの女性と3秒間目を合わせるのは難《むずか》しい。不審《ふしん》人物だと思われてしまう。そこで私は、一芝居《ひとしばい》打つ事にした。旅行者のフリをして道を聞けばよいのだ。会話をしていれば、3秒間はあっという間だ。

「すみません。道を教えてください」

そう声をかければ、皆《みな》、親切に道を教えてくれる。
1、2、3、ピピピピ……メガネのレンズの内側に数字が映《うつ》る。
「7%」

なに？　7%？　低い、あまりにも低すぎる。目の前にいる女性は、私に対して恋愛感情が微塵《みじん》もないということなのか。ショックを受けたが、人の好みは様々なので、気にせずどんどん続けた。

「ピピピ9％…、ピピピ2％…、ピピピ6％」

表示され続ける低い数値に、私は驚《おどろ》いた。たまに10％を超《こ》えることはあっても、15％を上回ることはない。おかしい。自分で言うのもなんだが、今までの人生、私はモテる部類の人間だと自覚していたし、女性から告白されたことも、数えきれないほどあった。こんな数字が出るはずがない。

もしかすると、このメガネには、まだ不具合があるのかもしれない。そう思うことで一瞬《いっしゅん》安心したが、開発にかかった3年の月日を思い出し、どちらにせよショックだった。私はベンチに座《すわ》り、何が原因なのか漠然《ばくぜん》と考えていた。

「何やっているの？　叔父《おじ》さん」

そのとき、私を呼《よ》ぶ声がした。顔を上げると、そこには姪《めい》のマリエの姿《すがた》があった。

久しぶりに見るマリエは、子どもの頃《ころ》からは想像できないほど、美しくなっていた。たしか高校2年だったと思うが、立派《りっぱ》な大人である。

私は、感慨深《かんがいぶか》い思いからマリエを見つめた。

「ピピピ…、0%」

勝手に数値が測定され、厳《きび》しい数字が表示された。でも当たり前だ。姪《めい》が叔父《おじ》に対して恋愛感情をもつはずがない。――ということは、このメガネの機能に問題はないのか。

「叔父さん、彼女いないでしょ?」

マリエがそんなことを聞いてきた。痛《いた》いところをつく小娘《こむすめ》だ。

「なんでそう思うんだ?」

私はストレートに聞いた。

すると、マリエは、ためらう様子もなく、やや食い気味に言ってのけた。

「誰《だれ》だって嫌《いや》だよ、そんなダサいメガネをかけた男。親戚《しんせき》だからはっきり言うけど、恋愛の対象外!」

私は即座《そくざ》にメガネを外した。


(作　塚田浩司)

琥《こ》珀《はく》の中の命

少年にとって、コハクは家族だった。幼《おさな》いころ、両親と一緒《いっしょ》に出かけたブリーダーの犬舎《けんしゃ》で金色の毛並《けな》みの子犬を見つけ、その子犬を家族にしたいと両親に頼《たの》みこんだのだ。

名前を「コハク」にしたのは、父親が「この子の毛並みは、琥《こ》珀《はく》みたいな色だ」と言ったからだ。そのとき、少年は「琥珀」がなんなのかを知らなかったが、父親が琥珀の写真を見せてくれた。琥珀は樹脂《じゅし》が化石化《かせきか》した宝石《ほうせき》だそうだ。父親が見せてくれた、その写真の琥珀の中には、小さな昆虫《こんちゅう》がそのままの姿《すがた》で閉《と》じこめられていた。

「たしかに同じ色だ」と少年は思った。そのとき、メスの子犬はコハクになった。

少年はコハクと一緒に、兄妹のように育った。公園に遊びにいけば我先《われさき》にと競争し、母親に叱《しか》られたときは一緒にすねて、父親に絵本を読んでもらいながら並《なら》んで眠《ねむ》りについた。コハクは家族であり、妹であり、かけがえのない親友だった。

そんなコハクが重い病気にかかっているとわかったとき、最初、少年は信じなかった。けれどもコハクが日に日に弱り、少し歩いただけでも息を切らしてへたりこんでしまう姿《すがた》を見て、少年はイヤでも理解しなければならなかった。コハクの命が、もう、わずかしか残されていないことを。

しかし、頭で理解しようと思っても、それはとうてい、受け入れられることではなかった。家族と親友を一度に失うことになるのだ。少年は毎日、泣き続けた。泣いてコハクが元気になるなら、一生分の涙《なみだ》を流してもいいと思いながら。

ある夜、泣《な》き疲《つか》れて眠《ねむ》りに落ちた少年は、そこで恐《おそ》ろしいものと出会った。それは、悪魔《あくま》のような姿をした、不気味《ぶきみ》な存在《そんざい》だった。

「おまえの犬の命を救ってやってもいいぞ」

悪魔はニヤリと笑うと、真っ赤《まか》な口を開けて、そう言った。口の中と同じ真っ赤な目には瞳《ひとみ》がなく、見すえられた少年はぶるりと体を震《ふる》わせたが、恐怖《きょうふ》よりも、願いのほうが勝《まさ》っていた。

「コハクを助けてくれるの？」

すがるような少年の言葉に、悪魔はもう一度、ニヤリと笑った。

「ああ、そうだ。そのかわり、条件がある」

「じょうけん……？」

「犬の命は、別の命と引《ひ》き換《か》えだ」

悪魔の言葉を少し遅《おく》れて理解した少年は、改めて恐怖を覚えた。

「それって、コハクを助けるかわりに、僕が死ななくちゃいけないってこと？」

おそるおそる口にした言葉を、しかし悪魔は否定《ひてい》した。

「いや、おまえの命ではない。引き換えにするのは、おまえが知らない誰《だれ》かの命だ」

「僕が、知らない、誰か……？」

「犬の命を助けるかわりに、おまえが顔も名前も知らない人間がどこかで死ぬということだ。

それでも、犬を助けてほしいか？」

少年は考えた。コハクのかわりに、誰かが死ぬ。人間の命とコハクの命を引き換えにしても、いいのだろうか。

しかし、そう考えたのは、ほんの一瞬《いっしゅん》だけだった。死ぬことになるのは、自分の知らない誰か。ということは、お父さんでもお母さんでも、小学校の友だちや先生でもない。テレビに出ている有名人も、知り合いではないけれど「顔も名前も知らない人間」ではないから、きっと違う。だったら、と、とたんに気持ちが軽くなった。

「コハクを、助けてください」

瞳のない赤い目が、楽しげに光ったような気がした。

「誰かの命を引き換えに、犬を助けることを選ぶか」

「だって……僕の知らない人なんでしょ？　僕の知らない人か、コハクなら、僕はコハクのほうが大切だ」

だからコハクを助けて、と、もう一度少年は悪魔に懇願《こんがん》した。「いいだろう」と、悪魔が歌うように答える。

「誰よりも大切な犬の命を、救ってやろう」

その言葉を最後に、悪魔は真っ黒な雲になって、目の前から消えた。

少年は、ハッと目を開けた。そこは自分のベッドの上で、カーテンからこぼれる朝陽《あさひ》が顔を照らしていた。

今のは、夢だったのだろうか。夢にしては、悪魔の姿や言葉が生々《なまなま》しく記憶《きおく》に残っている。コハクに生きていてほしいと願うあまりに見てしまった、幻《まぼろし》だったのだろうか。

そんなことを考えながら少年はベッドを出て、リビングに入った。その瞬間《しゅんかん》、足に何かがぶつかってきて、危《あや》うくうしろにひっくり返るところだった。驚《おどろ》いて体勢《たいせい》を立て直し、足もとを見た少年は、叫《さけ》びそうになった。

「コハク？」

しっぽを大きく左右に振《ふ》りながら、少年のひざにつかまるようにして後ろ足で立ち上がったのは、少し歩いただけで苦しそうに息を切らしていたはずのコハクだった。

母親と一緒に、動物病院へコハクを連れていくと、獣医《じゅうい》はわけがわからないというように首をひねっていた。コハクの体を蝕《むしば》んでいたはずの病《やまい》は、完全に消え去っていたのである。

奇跡《きせき》としか言いようがありません……と、獣医が呆然《ぼうぜん》とつぶやくのを聞きながら、これは悪魔のおかげかもしれない、と少年は思った。夢でも幻でも、なんでもかまわない。コハクの命が助かった。それだけで、一生分の涙を流せる気がした。

それから、20年が経った。コハクは、もういない。あのとき奇跡《きせき》的《てき》に快復《かいふく》したコハクは、その後は病気をすることもケガをすることもなく天寿《てんじゅ》をまっとうし、安らかに、永い眠《ねむ》りについた。大人になった少年はその後、結婚《けっこん》し、ほどなくして妻の妊娠《にんしん》がわかった。産婦人科で見せてもらった超音波検診《ちょうおんぱけんしん》の画像には、拍動《はくどう》する小さな心臓《しんぞう》が映《うつ》っていた。

妻の胎内《たいない》に別の命が宿っている。それは、いつか父親に見せてもらった、昆虫の命を閉じこめて宝石《ほうせき》になった、琥珀のようだと思った。もしかしたら、生まれてくる子はコハクの生まれ変わりなのかもしれない。

それだけではない。コハクは、ほかにも大切なものを残してくれた。治らないと思われた病を克服《こくふく》したコハクは、子犬を産んだのである。5匹《ひき》生まれたコハクの子どものうち3匹は里親《さとおや》に預けられたが、2匹は少年の実家に残した。そのうち琥珀色をした1匹を、少年は結婚後の新居で飼《か》いはじめたのだ。

今、大人になった少年は、大人になった2代目のコハクとともに、新しい「家族」を作っている。

あのとき出会った悪魔が夢だったのか幻だったのか、それとも本当にコハクの命を救ってくれたのかを知る術《すべ》は、少年には——男には、ない。ただ、今の暮《く》らしのなかには、愛する妻、生まれたばかりの娘《むすめ》、そして、コハクの血を継《つ》ぐ愛犬との幸せがある。それだけで満足だった。

2代目のコハクは母犬に似《に》て、子どもが大好きで、よく娘の様子を見てくれている。娘は最近、寝返《ねがえ》りを覚えたばかりだから、公園でこの犬《こ》とかけっこすることはまだしばらく先の話だろうが、泣いている娘を2代目のコハクがあやすようになめたり、寄《よ》り添《そ》い合うように眠っていたりする様子は本当の兄妹のようで、そのたびに男は、かつての自分とコハクを思い出す。

やはりあのとき、コハクの命が救われるようにと願った自分は正しかったのだ。

自分が手に入れた幸福を、家族を、男は心から愛していた。

ある日曜日、妻が買い物に出かけている間、男はいつものように娘を寝《ね》かしつけていた。気《け》配《はい》で察したのだろう2代目コハクがゆっくりと歩いてきて、娘の真横に並《なら》んで身を伏《ふ》せる。いつもと同じ光景に男は微笑《ほほえ》むと、愛娘が深い眠りについたところで子守《こもり》を愛犬に任せ、身を起こした。妻が帰ってくるまでに洗濯物《せんたくもの》を取り入れて、たたんでおこうと思ったのだ。

太陽のにおいをいっぱいに吸《す》った洗濯物をたたみ終わって、男は一度、娘の様子を見に向かった。泣き声はしないので、きっとまだよく寝ているのだろう。寝かしつけたリビングをのぞくと、床《ゆか》に敷《し》いた赤ちゃん用の布団《ふとん》の上で、寝返りを打った娘が横向きになって眠っていて、よほど感触《かんしょく》が気持ちいいのか、顔を愛犬の体にうずめていた。愛犬はイヤな顔ひとつせず、むしろ心地《ここち》よさそうに、母犬譲《ゆず》りの背中《せなか》の毛並みを上下させながら眠っている。

そこで、男は違和感《いわかん》を覚えた。

眠りの際のゆっくりとした呼吸《こきゅう》に合わせて、犬の背中が膨《ふく》れたり沈《しず》んだりを繰《く》り返《かえ》しているのに——娘の小さな体は、微動《びどう》だにしない。

「……マヤ？」

娘の名前を口にしながら、男はその小さな体に触《ふ》れた。赤《あか》ん坊《ぼう》の体は白く、やわらかく、あたたかい。よく眠る子で、一度眠ればとても静かな子だったが——今ばかりは、不自然に静かすぎる。

「マヤ？　どうした、マヤ!?」

ゆさゆさと揺《ゆ》れる赤ん坊の体は、やわらかい。ぐにゃぐにゃとした人形のように、どこにも力が入っていない。

「マヤ！　目を開けてくれ、マヤ！」

その声に目を開けたのは、娘ではなく、愛犬のほうだった。今さっきまで、自分の腹《はら》に赤ん坊が顔をうずめていたことにさえ、気づいていないのかもしれない。いや……赤ん坊の顔に犬のほうから腹を押しつけたのか。何が起こったんだと男が尋《たず》ねても、言葉を話せない愛犬は、きょとんとした様子で真っ黒な瞳《ひとみ》を向けてくる。

不意に男は、それとは対照的な目を思い出した。瞳のない、血のように赤い目のことを。


——犬の命を助けるかわりに、おまえが顔も名前も知らない人間がどこかで死ぬ……

今でも、はっきり憶《おぼ》えている。20年前に現れた赤い目は、笑いながら、そう言ったのだ。あのとき、顔も名前も、知っているわけがない。将来《しょうらい》、生まれてくることになる、自分の子どものことなんて。

——あの悪魔が言っていたのは、この子のことだったのか⁉

「ま、さか、そんな……僕は……なんてことを……！」

やわらかい愛娘《まなむすめ》を、男は強く抱《だ》きしめた。これくらい抱き寄せて、起きないはずはない。それでも我《わ》が子《こ》は深い眠りのなかにいるようだ。

樹脂《じゅし》が長い時間をかけて琥珀《こはく》になり、その中に、昆虫の命を絡《から》めとるように、幼い娘の命はコハクに絡めとられてしまったのだろうか。

男は、いよいよ足もとで不安げに揺れ始めた琥珀色のしっぽを、呆然《ぼうぜん》と見下ろし続けた。

（作 桃戸ハル、橘つばさ）

息子《むすこ》の親友

「超大国《ちょうたいこく》」と呼《よ》ばれ、国際政治と経済をリードするその国は、海外で泥沼《どろぬま》の戦争を繰《く》り広《ひろ》げていた。多くの兵士を派遣《はけん》するも、犠牲《ぎせい》は増えるだけで、国内ではしだいに反戦ムードが高まっていた。

自分たちの子どもが兵士として徴兵《ちょうへい》され戦地に送りこまれたフライ夫妻も、反戦運動に参加する者の１人だった。

「テレビを消して！」

妻のスーザンは、両手で顔を覆《おお》って立ちあがり、キッチンへ駆《か》け込《こ》んだ。テレビから流れる戦争のニュースに耐《た》えられなくなったのだ。

ため息をつきながら、夫のジョンは、力なくテレビのスイッチを切った。２人の一人息子《ひとりむすこ》であるカイルは、今も兵士として戦地で戦っている。戦争の状況《じょうきょう》を知りたくもあり、知りたくもない、というのが、ジョンの正直な気持ちであった。

カイルは優《やさ》しい子だった。戦地に赴《おもむ》いてからは、2人を心配させないよう、こまめに手紙を送ってくれていた。

その優しい息子からの手紙が、この2ヵ月ほど途絶《とだ》えている。今までに、こんなに手紙の間《かん》隔《かく》があいたことはない。夫婦の会話も、途《と》切《ぎ》れがちになっていた。話す話題は息子のことしかない。しかし、不《ふ》吉《きつ》な想像を口にしてしまうと、それが現実のものになってしまいそうで怖《こわ》かったのだ。

日曜日には、夫婦そろって教会に行き、息子の無《ぶ》事《じ》を祈《いの》った。反戦集会には必ず参加した。プラカードを掲《かか》げ、声を限りに反戦を叫《さけ》んだ。息子は、戦地で過《か》酷《こく》な戦いを続けている。私たちも、ここで戦わなければ。

2人とも、そんな思いでいっぱいだった。

そんなある日のこと。

「スティーブが戦地から帰還《きかん》したらしい」

2人はそんな知らせを耳にした。スティーブは、息子カイルのクラスメイトだった青年だ。

「今朝《けさ》、両親が車で迎《むか》えに行ったから、そろそろ町に着くころだ」

複雑な心境のまま、ジョンとスーザンは、帰還兵スティーブを出迎えるため、町の中心部へ向かった。もしかしたら、息子カイルのことについて、何か知っているかもしれない。そんな淡《あわ》い期待もあった。

そこには、すでに数十人の人々が集まっていた。その中には、スティーブのガールフレンド、リタもいた。小さなスミレの花束を持っている。スティーブの乗った車が町に到着《とうちゃく》した。車のドアが開く。リタが、気を失って倒《たお》れた。スミレの花が散らばって、彼女を介抱《かいほう》するために駆《か》け寄《よ》った人々の靴《くつ》の下でつぶれた。

車から降《お》りてきたのは、真新《まあたら》しい棺《ひつぎ》だった。

薄暗《うすぐら》いリビングで、ジョンとスーザンは言葉もなくソファーに座《すわ》り込《こ》んでいた。スティーブの両親の嘆《なげ》き悲《かな》しむ姿が、2人の目に焼きついて離《はな》れない。

私たちにも、今日のようなつらい日が待っているのだろうか……。２人はどちらからともなく、手を握《にぎ》り合《あ》っていた。

「灯《あか》りをつけましょうか…」

よろよろと立ちあがるスーザン。

「夕食の支度《したく》を、しなくちゃ」

魂《たましい》が抜《ぬ》けたような声だった。そのとき電話が鳴った。電話は、軍病院からだった。

「カイル？　カイルなのね!?」

受話器を握《にぎ》ったまま倒れそうになる妻を、ジョンが支《ささ》えた。電話の声の主《ぬし》は、まぎれもなく愛《いと》しい息子カイルだった。

「2ヵ月も便りがなかったから心配してたのよ！　元気なの？　怪《け》我《が》してない？」

今までこらえていた思いが堰《せき》を切って、矢継《やつ》ぎ早《ばや》な質問《しつもん》攻《ぜ》めになる。スーザンの勢いに驚《おどろ》いたのか、カイルは無言《むごん》になる。

「ごめんなさい。疲《つか》れているのは当然よね。つい嬉《うれ》しくて」

「僕も、母さんの声を聞けて嬉《うれ》しいよ」

依然《いぜん》と変わらぬ、優しい口調《くちょう》のカイルだった。

「今、帰国して、軍病院で簡単な検査をしているけど、もう少しで帰れると思う」

「おお、神様！　ありがとうございます！　息子を返して下さって！」

スーザンは泣きながら叫《さけ》ぶように言った。夫のジョンもそばで泣いている。

「それはそうと、1つお願いがあるんだ……」

口ごもりながら、カイルは言った。

「戦地で親友になった親友のリチャードを連れて帰って、一緒《いっしょ》に住みたいんだけど……いいかな？」

「もちろんよ！」

スーザンは、すぐに答えた。電話の声が夫にも聞こえているのか、ジョンも大きくうなずいている。

カイルとともに戦った親友なら、きっと兄弟よりも強い絆《きずな》で結ばれていることだろう。息子が2人になったと思えば、こんなに喜ばしいことはない。

しかし、カイルの次の言葉に、ジョンとスーザンはとまどいを隠《かく》せなかった。

「一つだけ言っておきたいことがあるんだ。リチャードは、僕を助けるために敵の爆撃《ばくげき》を受けて、一命《いちめい》はとりとめたけど、全身が麻痺状態《まひじょうたい》になってしまったんだ。右手が少し動かせるだけだから、誰かが助けてあげないといけないんだ」

「……」

押《お》し黙《だま》った両親の様子を察して、さらにカイルは言った。

「僕は彼を連れて帰りたいんだ。だって、リチャードは僕を助けるために負傷したんだから！」

ようやく頭を整理したスーザンは、懇願《こんがん》するように言った。

「カイル、あなたのその優しさは、あなたの宝物《たからもの》よ。でも、あなたにも、私たちにも、それぞれの人生があるんだから、そのお友だちのお世話に一生縛《しば》られるなんて無理なことだわ。あなたは、自分の人生をすべて犠牲《ぎせい》にして、今後の人生を生きるつもりなの？」

代わって電話口に出た父親のジョンも続けて言った。

「お前は、自分のせいで友だちが負傷《ふしょう》したことに負《お》い目《め》を感じているんだ。でも、その友だちがそんなことになった原因は、お前じゃない。国の責任なんだ。その友だちの面倒《めんどう》は、国が見るべきなんだ」

それに対するカイルの返事はなかった。ジョンは言った。

「そのお友だちには、しばらくここで一緒に住んでもらおう。その間に、国に働きかけて、彼の今後を相談しよう」

しばらく無言だったカイルが、小さな声で一言《ひとこと》だけ言った。

「父さんと母さんは、リチャードのことが邪魔《じゃま》なの？」

ここできれいごとを言ってもしょうがない。ジョンは、はっきりとカイルに伝えた。

「せっかくお前が無事に戻《もど》って来たんだ。今は、自分たちの家族が幸せになることを優先《ゆうせん》したいんだ。カイル、わかってくれ」

その直後、電話は切られ、ふたたび部屋には静寂《せいじゃく》が戻《もど》った。

数日後、ふたたび軍病院から電話がかかってきた。そして、今度もまた、夫妻は驚きの声を上げた。しかし、前回とは違《ちが》い、絶望に満ちた驚きである。

「カイルが自殺未遂《みすい》!? なぜ？」

両親の悲痛《ひつう》な叫《さけ》びが家中に響《ひび》く。

大量の睡眠薬《すいみんやく》を服用したカイルは、かろうじて命をとりとめたものの、意識不明の危険な状態だということだった。

ジョンとスーザンは、急いで軍病院へと向かった。

——なぜ、自殺なんか。友だちについて、親である私たちが言ったことに失望したのだろうか。カイルが、友だちの人生にそこまで責任を負わなくてはいけない理由は何なのだろう？

治療室《ちりょうしつ》へ案内され、意識不明のままベッドに横たわっているカイルを見る。医師がカイルが書いた手紙を見せてくれた。そこには、震《ふる》えるような筆跡《ひっせき》で、こう書かれていた。

「父さん、母さんへ　リチャードという友人はいません。あれは、今の僕です。僕は戦争で、右手以外、自分では動かせない体になってしまった。こんな僕がいたら、2人のこれからの人生に迷惑《めいわく》がかかると思う。でも、生きていたかった。だから、電話で2人の本心を聞いてみたかったんだ。僕のことを思ってくれてありがとう。でも、2人にこれ以上迷惑をかけるわけにはいかない。さようなら。

カイル」

手紙を読み、ベッドの横で泣《な》き崩《くず》れた両親は、震《ふる》える手でカイルの右手を握《にぎ》りしめて、振《ふ》り絞《しぼ》るようにうめいた。

「命さえあれば……。命さえ！」

あとは声にならなかった。

カイルの命さえあれば、これからの人生で私たち夫婦の犯した過《あやま》ちを償《つぐな》うことができるかもしれない。カイルの絶望《ぜつぼう》を癒《いや》すことができるかもしれない。

それは、ジョンとスーザンの祈《いの》りにも似《に》た言葉だった。

目を閉《と》じたままのカイルの頬《ほお》に、ひとすじの涙《なみだ》が光った。


（原案　アメリカの都市伝説　翻案　おかのきんや、桃戸ハル）

ふられ薬《ぐすり》

さびれた商店街のかたすみに、噂《うわさ》通りその店はあった。くすんだようなガラス戸には、幾種《いくしゅ》類《るい》もの漢方薬の名と並《なら》んで、雨《あま》ざらしになって消えかけてはいるが、たしかに『惚《ほ》れ薬《ぐすり》』と書かれた紙が貼《は》られている。

敦子《あつこ》はもちろんそんなものを信じる女ではない。だが、今は、ワラにもすがりたい気持ちだった。

店に入ると不思議な香りが敦子を包みこんだ。薬草入りのビンが棚《たな》にあふれている。

「あの。『惚れ薬』というのは……」

店の主《あるじ》は気難《きむずか》しそうな老人だった。

「ああ。あれはもう作らんのです。いかがわしい媚薬《びやく》とまちがえて、誰《だれ》もが軽々しく使いおる。残念なことです」

老店主は憤慨《ふんがい》しているようだった。

「失礼じゃが、お嬢《じょう》さんほどの美しさと若さがあれば、薬など要《い》りますまい。真に苦悩《くのう》する者にのみ、薬効《やっこう》はもたらされるべきです」

たしなめるようなその言葉は、老人の生真面目《きまじめ》さを感じさせた。話してみよう、と敦子は思った。

「じつはわたしの欲《ほ》しいのは惚《ほ》れ薬《ぐすり》ではないんです。それとは逆の、人に嫌《きら》われる——そんな薬はないでしょうか?」

老人の目が初めて敦子に興味を示した。

「ほう。……『ふられ薬』かね?」

敦子は、入社以来しつこくつきまとう会社の先輩格《せんぱいかく》の男のことを話しだした。

スポーツマン風の外見とは裏腹《うらはら》の、陰険《いんけん》で執念深《しゅうねんぶか》い男。小心。見せかけの優《やさ》しさ。虚栄心《きょえいしん》。仕事ができないから女を求める男——。

ほんとうにイヤなやつ!

どんなに冷たくしても、男はますます熱を上げ、敦子に結婚《けっこん》を迫《せま》ってくる。嫉妬《しっと》深そうな目を思い浮かべて、敦子はぞっとした。へたなふり方をすると、何をするかわからない。

「このままでは、わたしが会社を辞めるしかありません」

話しているうちに敦子のつぶらな瞳《ひとみ》に涙《なみだ》が浮《う》かぶのを見て、黙《だま》って聞いていた老店主は大きくうなずいた。

「よろしい。最高に強力な『ふられ薬』を調合しましょう」

「できるんですか、そういう薬が？」

「なあに、惚れ薬と同じもんです」

不審《ふしん》そうな敦子の顔つきを楽しむかのように、老人はニヤリと笑った。


敦子はパブで男を待っていた。さすがにウイスキーのボトルに薬を入れる時は手が震《ふる》えた。

だがそんな罪悪感も、やって来た男の顔を見たとたん、消えてしまった。

男は得意気《とくいげ》だ。初めて敦子のほうから誘《さそ》ったからだろう。この女め、やっと屈服《くっぷく》したか——

そんな表情がありありと見える。

敦子は、自分はカクテルを飲みながら、男が水割《みずわ》りを飲《の》み干《ほ》すのを見守った。

長年の科学的研究の成果なんじゃ――そう言って、あの漢方薬局の老店主は『惚れ薬』の秘密《ひみつ》を教えてくれた。薬は肉体になんの影響《えいきょう》も及《およ》ぼさず、精神、なかでも美意識・価値観《かちかん》に作用し、それを逆転してしまうのだ、という。飲めば、今まで自分にとってなんの魅力《みりょく》も価値もなかった女が、急に見たこともない素晴《すば》らしい女に見えてくる。

誇《ほこ》らしげにそう言ったあと、老人はこう付け加えた。

そして、逆もまた真なり。

いまに、この男にとってわたしは、まったく無価値の、世界一つまらない女に見えてくるはず。そう考えると、敦子は心の高まりを抑《おさ》えられなかった。

男は相変わらず低劣《ていれつ》なことを喋《しゃべ》りまくった。仕事仲間への皮肉《ひにく》に始まり、食うためにゃしかたない――で終わる話。結婚後、サイドビジネスで小金《こがね》を貯める話。将来、生まれるであろう子どもの教育方針《ほうしん》。三十前なのに老人じみた説教臭《せっきょうくさ》い口ぶり。

夢がない。この男は、夢とは無縁《むえん》の男だ、と敦子は思った。

夢を追う男――その言葉は、敦子の心をどうしようもなくときめかせる。そんな男のそばにいたい。

……だが、そんな男、いるだろうか。こんな現代で、そんな夢が見られるだろうか。

男の話は長々と続き、敦子の心はだんだん重く沈《しず》んでいった。

『ふられ薬』なんてインチキだ。誰か、わたしを助けて。お願いだから。

だが水割りの3杯目を飲み終えた頃、男は時々目をしばたたいて敦子を見るようになった。

「なあ、お化粧《けしょう》変えた?」

「いつも通りだけど、……なにかおかしい?」

「いや。いいんだ」

男は首をかしげながらグラスをあおった。

敦子の心に希望の灯《ともしび》がともった。効《き》きだしたのかもしれない。

もっと飲んで!

男は飲み続けた。口数が少なくなり、考えこみがちになった。もうあまり敦子のほうを見ようとしない。

やがて独《ひと》り言《ごと》のようにつぶやいた。

「おれは焦《あせ》ってたのかもしれない」

「なんのこと？」

「……結婚だよ」

敦子の胸《むね》は、期待にふくれあがった。

「出世コースから外れてしまって、仕事もつまらないし、あとはきみと結婚するしか幸福になれない、って思ってたんだ。情《なさ》けない男さ」

そしてとうとう男が言った。

「きみとの結婚、考え直すよ。もう二度ときみに迷惑《めいわく》はかけない」

このうえない解放感に敦子は酔《よ》いしれた。薬の効果は一生続く、とあの老店主は保証した。

男はすっかり落ちこんでいる。

「ばかだな、おれは。自分を信じてやれなかった。自分で自分を小さくみみっちく押《お》しこめていたんだ」

いい気味だわ。薬のおかげで、少しは自分が見えてきたのかもしれない。

「そうよ。まだ若いんだもの。夢を持たなきゃ、男は」

男はうつむいたまま、また飲みだした。敦子の言葉など耳に入らないようすだった。だが敦子は嬉しさのあまり、自分から話題を見つけては喋《しゃべ》り続けた。

どれくらい経っただろう。敦子がそろそろ帰《かえ》り支度《じたく》を始めようか、と思った頃だ。

ふいに男が、強い調子で言った。

「おれ、明日、会社を辞めるよ。人生をやり直すんだ」

もうボトルは空《から》になっている。驚く敦子に向かって、男は心の底から湧《わ》き上《あ》がってくる衝動《しょうどう》に耐《た》えきれないという表情で続けた。

「世界を見てくる。こんな小さいおれの頭じゃ想像もできないような、自然や人間や出来事にぶつかってくる。――おれは、おれはもっと大きくなりたい」

別人のようだった。

敦子は気がついた。薬だ。敦子のために、と老人が特別に調合してくれた強力な薬が、男の価値観を根こそぎ逆転させたのだ。――自身を見る目、人生観、世界観！　男は今や自分を信じきって、体じゅうに情熱があふれ、目は遠く世界を追いかけて輝《かがや》いていた。

「おれは、子どもの頃の夢を思い出したよ」

敦子の心は妙《みょう》に動揺《どうよう》していた。さっきまでの解放感が急速にしぼんでいく。

「世界を回る。その長い長い旅の最後に、おれはロケット発射場《はっしゃじょう》へ行くんだ。……閃光《せんこう》。轟音《ごうおん》。爆風《ばくふう》。渦巻《うずま》く熱。地響《じひび》き！　そして壮大《そうだい》な光の柱が、夜空を高く限りなく上昇《じょうしょう》してゆく。何万年の昔から人類が見続けてきた夢だ。それをおれは目の当《まあ》たりにするんだ」

男の瞳に一瞬《いっしゅん》、素晴らしい歓喜《かんき》がほとばしった。

今、わたしの目の前にいる男は。この男は。

「じゃ、さよなら」

男が突然《とつぜん》立ち上がった。敦子はあわてた。そして自分でも信じられない言葉を口走った。

「待って。——わたしもいっしょに行きたい」

男はふりかえった。敦子はすがるような想いで男を見つめた。

だが、男の目は冷たかった。

「さよなら、敦子さん」

まるで醜《みにく》いものを見るような目だった。


（作　山口タオ）

落下

ビルから男が落ちた。

「うああ

れれ

あああああああああああああああああああああああああああああ

あはははははあれれ

しかし、手をばたつかせ、笑《わら》いながら
空の彼方《かなた》へ飛んで行った。

（作　井口貴史）

華《か》麗《れい》なる裁《さば》き

昔、人々の神への忠誠《ちゅうせい》は、今よりもずっと強いものだった。他人に対して嘘《うそ》はついても、神に対して嘘をつくことはない。なぜなら、「神に嘘をつく」ということは、「地獄《じごく》に落ちる」ことを意味していたからだ。

だから、神への宣誓《せんせい》をする裁判《さいばん》では、誰も嘘をつくことはできないし、することもなかった。

これは、そんな時代の話である。

あるところに、名判決をすることで有名な裁判官《さいばんかん》がいた。その日もまた、裁判官のもとに、難《むずか》しい問題が持ちこまれた。「お金の貸し借りに関する問題」である。

裁判官の前に2人の老人がやってきた。1人は、木の杖《つえ》をついた白髪《はくはつ》の老人で、もう1人は頭髪《とうはつ》のうすくなった小太《こぶと》りの老人である。まず、白髪の老人が裁判官に訴《うった》えた。

「聞いてください裁判官、こいつが私を泥《どろ》棒《ぼう》扱《あつか》いするのです」

するともう一方の、小太《こぶと》りの老人が反論《はんろん》した。

「だってそうだろう。お前がやっていることは泥棒と同じじゃないか！」

激《はげ》しくののしりあう2人を、裁判官はいさめた。

「静かに、静かに！　1人ずつ話を聞く。まずはあなたからだ。証言台に立ちなさい」

小太《こぶと》りの老人が神への宣誓をして証言台に立った。この宣誓をしたからには、嘘をつけば、それは神への裏切りとなる。

「もうずいぶん前の話ですが、俺はこいつに、金貨を10枚《まい》、貸してやったんです。『俺が返せと言ったら、すぐに返す』という条件をつけましたが、金に困《こま》っているようだったので、しばらくは催《さい》促《そく》せずに放っておきました。ところが、そんな俺の人のよさにつけ込《こ》んで、こいつはいつまでたっても金を返そうとしない。我慢《がまん》の限界がきて、俺はこいつに、そろそろ金を返してくれと言いました。すると、こいつは言ったんです。『なんだって？　とっくに返したじゃないか』と。俺はもう、頭にきてしまって」

「貸したときの証文《しょうもん》は？」

「ありません。証文は交《か》わさなかったんです。だって、こいつのことを信頼《しんらい》していたから金を貸したのだし、こんなことになるなんて思ってもいませんでしたから」

「で、裁判で、その金を取り返したいと？」

「そう言いたいのは山々ですが、証文がない以上、それは無理だとも思っています。だからせめて、今ここでこいつに、神様に誓《ちか》った上で『金を返した』と証言させてください。もし、地獄に落ちることを承知《しょうち》で嘘をつけるなら、金はすっぱりあきらめます」

裁判官は、白髪の老人に向き直った。

「この人に金を借りたというのは、本当だね？」

「はい。それは認《みと》めます」

「そしてあなたは、その金を返したと言った。それを神に誓って証言できるかね」

「もちろんです。ちょっと、これを持っていてくれ」

白髪の老人は、手に持っていた杖を小太りの老人に預《あず》け、よろよろと証言台まで歩いて行き、ひざまずいた。そして、祈《いの》るように胸《むね》の前で両手をぴったりと合わせ、天を仰《あお》いだ。

「神様、あなたに誓《ちか》って申し上げます、私はあの者に借りたお金を、すべて返しました」

裁判官は、小太りの老人に尋ねた。

「まだ何か、言いたいことは？」

小太りの老人は渋《しぶ》い顔をしてうつむき、うつむいたまま答えた。

「ありません。神の前で嘘をつくなんてことは考えられません。だから、今、あいつが言ったことも真実でしょう。たぶん俺は、金を返してもらったことを忘《わす》れていたに違《ちが》いありません。勘違《かんちが》いして、泥棒呼ばわりしてしまって、本当に申《もう》し訳《わけ》なく思っています」

「とすると今後、この人に対して返済《へんさい》の要求は？」

「いっさいしません」

裁判官は、白髪の老人に言った。

「もう帰ってよろしい」

その言葉を聞くと、白髪の老人はゆっくりと立ち上がった。そして小太りの老人から杖を受け取り、泥棒扱いされたことに文句を言うこともなく、そそくさと法廷《ほうてい》を去っていった。

一方の小太りの老人は、何か釈然《しゃくぜん》としない思いを抱《かか》えた、複雑な表情を浮《う》かべ、法廷に立《た》ち尽《つ》くしていた。

裁判官は感じていた。何かが引っかかる。しかし、それはいったい何だろうか。

頭の中に、今、目の前で起きた出来事の記憶《きおく》と、交《か》わされた言葉の記憶とを丁寧《ていねい》に並《なら》べてみる。それらをひとつ一つ、頭の中で再現してみる。

あの白髪の老人が嘘の証言をしたとは思えない。なにしろ神に誓《ちか》ったのだから。あの証言が真実であることは間違いない。となると……。

そこまで考えて、ひらめいた。そうか、そう考えれば、すべてに納得《なっとく》がいく。裁判官は守衛《しゅえい》に命じた。

「あの老人を呼《よ》び戻《もど》してください」

しばらくして、白髪の老人が、杖をつきながら法廷に戻《もど》ってきた。

「まだ何かあるのですか？」

「うむ、すまないがご老人、その杖を渡《わた》してもらえないか」

「はい……」

白髪の老人がおずおずと杖を差し出す。

裁判官はその杖を受け取って、小太りの老人に渡した。

「さぁ、これを持って帰りなさい」

それを聞いた白髪の老人があわてて言った。

「ちょ、ちょっと待って下さい。それがないと歩け…」

「歩けるでしょう!」

裁判官が、白髪の老人の言葉を全部聞くこともなく否定《ひてい》した。

「あなたは、証言台に立つまでの距離《きょり》を、杖を使わずに、ゆっくりとではあるが、ふつうに歩いていた。証言が終わって帰るときも同様に」

「どういうことです?」

小太りの老人が、わけがわからず尋《たず》ねた。

「あの老人の証言に嘘はなかったが、あなたの主張も勘違いではなかったということだ」

小太りの老人はまだ首をかしげている。

「わからないかね。では、これならどうだ」

裁判官は、白髪の老人の杖を真っ二つにへし折った。中から飛び出したのは、ちょうど10枚の金貨だった。

「つまり、あの老人が神に宣誓をしている間、この杖はあなたが持っていたのだから、あの老人の『借りたお金は、すべて返した』という証言も、あの瞬間《しゅんかん》は嘘ではなかったということだ」

（原案　セルバンテス『ドン・キホーテ』　翻案　吉田順、蔵間サキ）

心情

幼《おさな》い頃《ころ》の僕は、地元で「神童《しんどう》」ともてはやされていた。

読み書き、計算はもちろん、どんな教科をやっても、クラスの誰《だれ》よりもできた。

性格もよいと思われていた。真面目《まじめ》でやさしく、友だち想い。先生の言うことをきちんと守ったし、先生に怒《おこ》られたことなんて一度だってない。

家に帰れば、勉強の合間《あいま》に家事を手伝った。親を困《こま》らせたこともない。

大人たちはそんな僕を見て、「ハジメ君は優秀《ゆうしゅう》ね。いつか大物になるわ」「文学の才能があるから、偉大《いだい》な作家になるに違《ちが》いない」と、期待をかけた。

両親も、僕の将来《しょうらい》にさぞ期待していたに違いない。それがわかっているからこそ、僕は期待を裏切《うらぎ》らないように努力した。

そして、有名中学校に好成績で入学した。

でも、僕はわかっていたんだ。僕はそんな「神童」なんかじゃないことを。僕は臆病《おくびょう》で、他人の顔色をうかがって、他人から嫌《きら》われないよう、振《ふ》る舞《ま》っていただけ。相手が何をしてほしいかがわかるから、相手が喜ぶような振る舞いをしていただけなんだ。

勉強ができたというのも、頭がよかったわけではない。僕は人よりも少し要領《ようりょう》がよかっただけなんだ。

僕の本当の性格はというと、だらしなく、嫉妬《しっと》深く、自己《じこ》中心的だった。友だち想いなんかではなく、僕の言うことを聞いてくれない人間なんて、「死んでしまえばいい」と思っていたほどだ。でも、「神童」のイメージを崩《くず》さないために、「真面目《まじめ》でやさしい、いい子」を演《えん》じていただけなのである。

正直、「神童」を演じるのはつらかった。でも、今さらやめるわけにもいかない。なによりも、母の期待を裏切るわけにはいかなかった。

「ハジメは、私の自慢《じまん》の息子よ」

母は、ことあるごとに僕にそう言った。うれしかった。でも同時に、母の僕に対する期待と愛情を、とても重く感じた。

年齢《ねんれい》が上がるにつれて、神童でいることに限界を感じはじめていた僕は、どうしたらよいものかと思案《しあん》して、思い切った行動に出た。

「僕は文学の道に進みたい。東京に出たい」

そう言うと、両親は驚《おどろ》いた。しかし、今まで「才能がある」と僕に言い続けてきた両親が、今さらそれを否定《ひてい》することはできなかったのか、あるいは本当に僕に才能があると信じていたのか、結局、両親は僕の言葉を信じて、東京に行くことを許《ゆる》してくれた。

本当のことを言うと、すべて言《い》い訳《わけ》にすぎなかった。僕はもうすでに学業についていけなくなっていたのだ。このままでは留年《りゅうねん》する恐《おそ》れがあった。でも、「神童」が留年するわけにはいかない。そこで、「文学の道に進みたい」という聞こえのいい理由をつけて退学《たいがく》し、留年を回避《かいひ》しようとしたのである。それは、大人たちの期待から逃《のが》れるための、自分なりの解決策でもあった。

「文学の道に進みたい」というのもウソではなかったが、そのための見通しはまったく立っていなかった。

東京では、作家に近づくために、出版社に就職《しゅうしょく》しようとしたものの、うまくいかなかった。

そもそも、学歴がないのだから当然といえば当然である。

ならば、「自分の作品集を出版して、作家として認《みと》めてもらおう」と思ったが、どこの馬《うま》の骨《ほね》かもわからない人間の本を出版してくれるところなどありはしない。しかたなく、僕はお金をかき集め、ほとんど自費出版のような形で詩集を発表した。

そして、実家に出版の報告をした。両親はそれを聞いて喜んだに違いない。故郷《こきょう》では、僕がついに作家になったのだと、大きなニュースになったはずだ。

僕は上京するとき、婚約者《こんやくしゃ》を地元に残していた。生活のメドが立たなければ、結婚もできない。しかし、出版が決まったことで、結婚話はトントン拍子《びょうし》で進んだ。僕も、印税《いんぜい》をあてこんで、この機会に結婚を決意した。

恩師《おんし》や友人に「挙式《きょしき》のために故郷に帰る」と連絡《れんらく》した。父が市役所に婚姻届《こんいんとどけ》を出してくれた。地元で盛大《せいだい》な結婚式が準備された。

そして、結婚式当日を迎えた――。

僕は、本が出版されれば、莫大《ばくだい》な印税《いんぜい》が入ってくるものだと思っていた。そう思って、毎夜、飲み明かし、出版前にかなりの額《がく》のお金を浪費《ろうひ》していた。が、恐《おそ》ろしいことに、印税は雀《すずめ》の涙《なみだ》ほどしか入ってこなかった。考えてみれば当たり前のことである。無名《むめい》の作家の本がいきなり売れるわけがないのである。考えてみればわかるが、考えたくはなかったのだ。

僕は婚礼《こんれい》のための資金を、まったく用意することができなかった……。

「しかたない、手ぶらで帰ろう。でも、どんな顔をして式に出ればいいのか？　神童の僕が、故郷の人々の前で、本当の姿《すがた》をさらけだせるだろうか。僕はいい。でも、両親に恥《はじ》をかかせることになってしまう……」

結局、僕は、多忙《たぼう》を理由に、自分の結婚式を欠席した。自分の結婚式をサボる。こんなクズはどこの世界にもいないだろう。いや、いる。ここにいる。僕だ。

それからの僕は、なんとか生計《せいけい》を立てるため、小説を売《う》り込《こ》んだりしたが、うまくいかなかった。生活はいつも逼迫《ひっぱく》していた。たまらず、友だちに金をせびった。

「少しでいいから、貸してくれないか？」

「お前の本が売れたら、倍にして返してくれよ」

僕の苦労を知る友だちが、あるだけの金を貸してくれた。

でも、つくづく自分がクズだと思うのは、そのお金のほとんどを遊びに使ってしまったことだ。夜の街にくりだしては、若い女性と遊ぶお金に費やしてしまったのである。

僕は、自分を助けてくれた友だちをも裏切《うらぎ》ってしまったのだ。

一方で、就職《しゅうしょく》活動の結果、僕はなんとか新聞社に職を得ることができた。親には「新聞記者」になったと言ったが、実際は、新聞社で働いてはいたが、記者ではなかった。

せっかく職を得たのだから真面目に働けばいいものを、やはり僕はクズだった。

朝は起きられず、遅刻《ちこく》ばかりしていた。朝起きられないのは、夜遅《よるおそ》くまでヒワイな本を読みふけっていたからだ。仮病《けびょう》で休むこともたびたびあった。

故郷から遠く離《はな》れていることをいいことに、新聞記者として、そして作家としても活躍《かつやく》しているようなふりをしながら、実際には、たいした仕事をしているわけでもなく、実にだらしない生活を送っていたのである。

「こんな本当の姿を見たら、母さんはなんと言うか……」

そんなことを思っていた矢先、妻《つま》と母が上京してくることになった。

僕は、みすぼらしい賃貸《ちんたい》の一室を間借《まが》りして住んでいた。母がそれを見たら、どう思うだろうか、心配した。

が、やってきた母は、予想外にも、こう言った。

「すっかり立派《りっぱ》になって……」

そして、屈託《くったく》なく微笑《ほほえ》んだ。

妻が買い物に出て部屋に母と2人だけになると、なんとなく気まずい空気が流れた。僕はたまらず、なぜそんなことを言ったのかわからないが、こう言った。

「母さん、おんぶしてもいいですか？」

「あら、急にどうしたの？　変な人ね……」

「いや、子どもの頃、おぶってもらったから、今度は、僕がおぶってみたいと思って……」

母は断るわけでもなく、むしろ嬉《うれ》しそうに応じた。僕が片ヒザをつくと、母は背中《せなか》に、ぽんっと乗った。ぐっとふんばって背負うと、

「……無理しなくていいのよ」

と、母は言った。

「なぁに、平気ですよ」

すると、母はもう一度、小さな声で言った。

「……おんぶのことじゃないの。あなたの人生のことよ」

「……」

「母さんの期待を、重荷に感じないで……。ハジメには、幸せになってもらいたい。でも、それは、社会的に成功してほしいということじゃないの。自分の人生を生きて、幸せになってほしいの……」

母はそれだけ言うと、僕の背中に顔をうずめ、そっと身を預《あず》けた。

母は、僕の苦しみをすべてわかっていたのだ。僕が、母の期待を背負いこみ、重荷に感じていたことを……。

一歩、二歩と歩《ほ》を進めたけど、それ以上の歩《あゆ》みをとめた。僕は、母を背負ったまま、夕日が差《さ》し込《こ》む窓際《まどぎわ》に立《た》ち尽《つ》くした。畳《たたみ》に落ちた黒い影《かげ》は、小さな子どもを背負う姿《すがた》にしか見えなかった。

長年、僕を苦しめていた重荷は、もはや消えていた。そして、心が軽くなるのを感じた。僕の目からは、とめどなく涙《なみだ》があふれてきた。

――ある高校の職員室。

国語教師・沢辺《さわべ》は困惑《こんわく》していた。彼が手に持っているのは、その日実施《じっし》した国語の定期試験の、ある生徒の解答用紙。

自分の問題文の書き方に不備《ふび》があったことがいけないのだろうか――。

［問題］

「たわむれに母を背負いて　そのあまり軽きに泣きて　三歩あゆまず」

この短歌の、作者名と、この歌を詠《よ》んだ作者の心情を答えよ。

この問題は、沢辺自身が作ったものだったが、「心情」のほうの問いに、「何文字で答えよ」という指示を書き忘れていたのだ。

解答欄《かいとうらん》は幅《はば》2cm・高さ20cmほどなので、ほとんどの生徒は、その解答欄に収《おさ》まるよう、長くてもせいぜい50字程度で解答を記していた。しかし、ある1人の生徒が、解答欄をはみ出し、答案用紙の裏面《うらめん》まで使って長文の解答を書いてきた。それは作者の「心情」をつづったものなのだが、それが、作者の幼少期からはじまる、「小説」のような形式になっていたのである。

「問題文に不備があったとはいえ、なんだ、この解答は？　作者・石川《いしかわ》啄木《たくぼく》（本名・石川一《はじめ》）の心情はよく書けているけど……書きすぎだ」

沢辺には、書かれた内容がどこまで本当で、どこまで正確なのかはわからなかった。しかし、国語教師として、常識的に知っている知識と照らすと、「よく啄木のことを知っている」と思えた。ある意味、沢辺は生徒の解答に感心した。が同時に、生徒に申《もう》し訳《わけ》なく思った。それというのも、その生徒はこの問題にかかりきりになったからか、それ以降《いこう》の問題に手をつけられず、他の解答欄がすべて空白になっていたからだ。

「私には、君の解答が重荷だよ……」

沢辺は、頭を抱《かか》えた。この問題の配点は10点。沢辺は生徒に同情し、おまけで12点をつけた。が、しょせん、この国語のテストでの得点はその12点のみで、落第点。残念ながら、この生徒は補習《ほしゅう》を受けることになるだろう。

（作　桃戸ハル）

2匹《ひき》の狼《おおかみ》

満月の夜。月明かりに照らされた砂漠《さばく》地帯には、砦《とりで》のような岩山が、黒いシルエットとなっていくつも連なっている。

「ワォォ――――ン」

一匹の狼《おおかみ》の遠吠《とおぼ》えが、夜の静寂《せいじゃく》を破った。

「ウワォォ――――――――ン」

違《ちが》う遠吠えが聞こえる。

別の狼が、最初の遠吠えに応えるかのように、長く長く吠《ほ》えたのだ。

最初に吠えた狼が西の岩山、あとに長く吠えた狼が東の岩山の頂上《ちょうじょう》に姿《すがた》を現した。岩山と同じ、漆黒《しっこく》のシルエットだ。

遠くにお互《たが》いの姿をとらえた2匹の狼は、ものすごいスピードで岩山を駆《か》け降《お》りた。

そして、大地に降り立った瞬間《しゅんかん》、岩と砂を蹴散《けち》らし、相手に向かって突進《とっしん》した。岩陰《いわかげ》に隠《かく》れていたサソリのうちの数匹が、彼らの足に踏《ふ》まれ、こなごなになって宙《ちゅう》に舞《ま》う。

激突《げきとつ》した2匹は、相手ののど笛《ぶえ》にかみつこうとし、そのまま組《く》んず解《ほぐ》れつの状態で渇《かわ》いた大地の上を転がり回った。

どちらの力も互角《ごかく》で、相手に決定的なダメージを与えることができない。いや、相手の力量をはかろうとしているようにも見える。

今、2匹の狼は、互いに距離をとり、相手のスキをうかがっている。

そして、にらみ合う2匹の狼を、満月だけが静かに見ていた。


広大な砂漠の中で、その後も死闘は続いた。相手をめがけて飛びかかるたびに、大きな砂煙《すなけむり》が巻《ま》き上《あ》がる。

2匹は、年齢《ねんれい》も、身体の大きさも、能力も同じだった。だから、一進一退《いっしんいったい》を繰り返し、なかなか決着がつかない。

そんな苛烈《かれつ》な戦いを、２匹の狼は生まれたときからずっと続けているのだった。

とうとう、東の空が明らみ始め、黒いシルエットだった狼たちが、徐々《じょじょ》に色を取《と》り戻《もど》していく——。

狼たちは、体格こそ同じように見えたが、実はまったく違う見た目をしていた。

１匹の毛の色は、すべてを吸《す》いこむ闇《やみ》のような黒色だった。体をおおう毛は無数のするどい針《はり》のようで、動くたびに、まがまがしい真っ黒なもやが揺《ゆ》れているように見える。

もう１匹の狼は、白いたてがみをもっていた。ふさふさとしたやわらかい白い毛が、陽《ひ》の光を浴びてきらきらと輝《かがや》き、まるで金色に輝いているようにも見えた。

対照的な見た目をした狼だったが、なによりも違うのは、その眼《め》だった。

黒い狼の眼は、赤く鈍《にぶ》く光っていた。くすんだ深紅《しんく》の眼が物語っているのは、「怒《いか》り」「嫉《しっ》妬《と》」「哀《かな》しみ」「後悔《こうかい》」「欲《よく》」「傲慢《ごうまん》」、そして「憎《にく》しみ」——。

白い毛並みをもつ狼の眼は美しい金色だった。煌々《こうこう》と輝く瞳が放つ光が表すのは、「喜び」「平和」「希望」「安らぎ」「謙虚《けんきょ》」「信頼《しんらい》」「友情」、そして「愛」――。

「えっ、それでお話は終わり？」

狼たちの対決の話をハラハラしながら聞いていた少年は、きょとんとした顔で尋《たず》ねた。

顔に深いシワが刻《きざ》まれたおじいさんは、お気に入りのロッキングチェアに深々《ふかぶか》と座《すわ》りなおすと、静かに首を振った。

「ワシが話すのはここまでじゃが、この話、この対決は、まだ終わっていないよ」

「じゃあ、話してよ！　ぼく、続きと結果が気になるよ‼」

無邪気《むじゃき》にそう言った孫の頬《ほお》を、おじいさんは愛《いと》おしそうになでた。

「この狼たちが戦っている場所は、たくさん、たくさんあるんだよ。例えば……」

そう言って、おじいさんは、少年の胸《むね》に手を置いた。

「ここでも戦っている」

「えっ、ぼくの中⁉　そんなことより、おじいちゃん、どっちの狼が勝つの？　イジワルしないで教えてよ！」

孫の問いかけに、おじいさんはまっすぐ少年の目を見つめて言った。
「どっちが勝つか？　それはな、お前が大事に育てるほうの狼だよ」

（原案　欧米の昔話　翻案　おかのきんや）

100億円の価値

グォーっ、グォーっ……。

安アパートの万年床《まんねんどこ》で、大イビキをかきながら寝ているのは、佐々木直太《ささきなおた》、24歳。定職はないが借金はある。昨夜は遅《おそ》くまでバイトをしていたため、疲《つか》れきって寝ていたのだ。

昼近くになり空腹《くうふく》を覚え、ようやく起き上がった直太は、カップラーメンにお湯を入れて食べはじめた。

直太だって、こんな生活をよしとしているわけではなく、貧しさに不満を感じてはいた。だが、それを何とかしようという、前向きな気持ちはまったく持っていないし、どうすればよいのかもわからない。結果、ダラダラと毎日をやり過ごしていたのだ。

「ピリリリ……ピリリリリ！」

スマホの着信音が鳴った。直太は、面倒《めんどう》くさそうにスマホに目を落とす。

「えっ！」

突然《とつぜん》、ふやけた表情がこわばった。今月のクレジットカード料金の請求《せいきゅう》メールだった。

思わぬ高額の請求に、一瞬《いっしゅん》、ドキリとしたが、

「借金すればいいや…」

と思い直し、大あくびをした。

「ピリリリ……ピリリリリ！」

また、スマホに目をやる。

今度は、直太の顔から血《ち》の気《け》が失《う》せた。まさに、その借金取りからの督促《とくそく》メールだった。借りたのは、大した額《がく》ではなかったのに、いつの間にか利息《りそく》で借金は膨《ふく》らんでいた。その金額は、クレジットカードの請求額の比ではないほど多額なものだった。昨日もらったバイト代では、焼け石に水だ。見ないようにしていた現実を突《つ》きつけられ、冬だというのに全身から嫌《いや》な汗《あせ》が大量に吹《ふ》き出《だ》してきた。

突然、部屋中がグルグルと回転し始めた。極度のストレスがめまいを引き起こしたのだろう。

よろけて転倒《てんとう》した直太は、机《つくえ》の角《かど》に思い切り額《ひたい》をぶつけた。

「ギャッ！」

激痛《げきつう》が、直太に思いもしない言葉を叫《さけ》ばせた。

「神様！　なんとかしてくれーっ！」

神のことなどまったく信じていないにもかかわらず、神という単語を連呼し、願い続けた。

「神よ！　神、神、神！　いるんなら出てきてくれ！　神様、これからは、あなたを信じます！」

絶叫《ぜっきょう》を繰《く》り返《かえ》した直太が、ようやく冷静さを取《と》り戻《もど》して口をつぐんだ、その時。

「わかった、なんとかしてやろう」

と、神様が現れた。神様かどうかは、もちろんわからないが、見た目は絵に描いたような神様である。長い白髪《しらが》に白いヒゲの老人で、白衣《びゃくえ》をまとい、手に杖《つえ》を携《たずさ》え…そして、これが何より神様である証拠《しょうこ》なのだが、空中に静止している。

「神様って、本当にいるんだ！　いや、気絶をして、夢を見ているのか？」

「急に呼《よ》びつけておいて、その言い草はなんじゃ、失礼な奴め！」

神は杖で、直太の額のコブを、思い切り叩《たた》いた。

「ギャッ！　イテテテテ！」

夢にしては痛《いた》すぎる。直太はコブをさすりながら、これは現実だと認《みと》めた。

「青年よ。借金を、ワシになんとかしてほしい。それがお前の願いじゃな？」

「は、はい、その通りです!!」

「では、金を用立ててやろう。１００億円でどうじゃ!?」

「えっ、１００億円!!　ま、まさか!?　いくら神様でも……」

その言葉を言い終わらぬうちに、大量の札束がドカドカと降《ふ》り注《そそ》ぎ、狭い部屋を埋《う》め尽《つ》くした。数えてはいないが、きっと１００億円あるのだろう。

「す、すごい…！　この１００億円があれば、人生が一変する。大豪邸《だいごうてい》だって買える。一生、遊んで暮らしても、使い切れない！」

直太は、札束に頬《ほお》ずりしながら狂喜乱舞《きょうきらんぶ》した。しかし、ハッと気がついた。

「もしかして、なにか条件があるんじゃや……」

「当然じゃ。実は、80歳の大富豪《だいふごう》が、若さを１００億円で買いたいと強く願っているんじゃよ。ワシら神も、ないものは出せない。できるのは、誰かと誰かの持っているものを交換することだけなのじゃ。そうでないと、この世の理《ことわり》がくるってしまうからな」

「そういう取り引きですか。もちろん喜んで売りますよ。若さなんかあり余っていますから」

「お主《ぬし》にはわからんかもしれんが、年齢《とし》をとった人間にとっては、若さは１００億円出しても惜《お》しくないほど、価値《かち》があるものなんじゃ」

「はぁ…」

直太がいぶかしげな顔をしていると、神が急に真剣《しんけん》な顔つきをした。

「つまり、若いということは、１００億円持っているのと同じことなのだぞ！」

「そういうもんですかねぇ。今の俺には、若さに１００億円の価値があるなんて、とても思えないですけど」

神は、ふぅと息を吐《は》いた。

「青年よ、では、改めて問う。取り引きが成立した瞬間《しゅんかん》から、おまえは80歳の老人になってしまうが、この１００億円を受けとるのでいいのだな？」

「80歳の年寄りになっちゃうんですね……」

直太は、生まれてはじめて、自分の若さの価値を考えた。

――80歳になったら、どうなるんだろう。80歳は平均寿命くらいだろう。ということは、いつ死んでもおかしくない年齢だよな。そしたら、明日、死んでしまうことだって、十分にありうる。

「そうか……若さを売るってことは、命を売るってことなんだ……」

直太は窓《まど》を開《あ》け、久しぶりに外の景色《けしき》を眺《なが》めた。見飽《みあ》きた、何でもない灰色《はいいろ》の街並《まちな》みが目に映《うつ》る。

「もし、今日が最後の1日だとしたら……」

そう思った途端《とたん》――。色のなかった街路樹《がいろじゅ》が、みるみると鮮《あざ》やかな緑に変わり始めた。木《こ》もれ日が光の粒《つぶ》に変わり、その粒が街中にあふれ始める。今まで、灰色に見えた街並が、どこもかしこもまぶしいほど光《ひか》り輝《かがや》き、ゴミ捨《す》て場《ば》さえ輝いて見える。目に映る何もかもが、なつかしく、愛《いと》おしく思えて、胸《むね》が締《し》めつけられた。この世のすべてが、なんともかけがえのないものに感じられた。

「生きているって、なんて素晴《すば》らしいことだったんだろう……」

直太の目から、大粒《おおつぶ》の涙《なみだ》がキラキラと輝きながらこぼれ落ちた。

神のほうを向いた直太は、キッパリとこう答えた。

「神様！　この100億円はいりません。俺は、若さを選びます。若さがあれば、どんな未来でも切《き》り拓《ひら》けますから。これまではしょうもない人生だったけど、今日からなんとかします」

「わかった。ではさらばじゃ……」

と、神は、部屋中に積まれた100億円とともに、あっさりと消え去った。


ホッとした直太は、緊張がほどけ、ごろりと万年床《まんねんどこ》の上に寝転《ねころ》んだ。

「明日、実家に行って、父親に頭を下げて金を借りよう。それで、まずは借金を返済《へんさい》しよう……」

直太は、ひとつ大きな伸《の》びをした。それから、天井を見つめてつぶやく。

「借金を返したら、今月は、のんびりしよう。来月から、本気を出して頑張《がんば》ればいい。いや、今年いっぱいは、ゆっくりと将来のことを考えたほうがいいかもしれない。それまでは、実家で暮らしていれば、お金もかからないだろう」

いい気なもので、直太はあっという間に寝入《ねい》り、気持ちよさそうなイビキをかきはじめた。

——そのとき、天から、神様の大音声《だいおんじょう》が響《ひび》いた、ような気がした。

「青年よ！　若さという１００億円は、毎日目減《めべ》りして、あっという間になくなってしまうものじゃぞ！　若さを使わずにいるのは、万札が消えていってるのと同じじゃぞ！」

大慌《おおあわ》てで飛び起きた直太は、天に向かい叫《さけ》んだ。

「神様！　たった今から、本気出します！」


（作　おかのきんや）

友人

その、見るからに粗暴《そぼう》そうな男の訪問《ほうもん》を受けたのは、私が家族を連れて東京から故郷《こきょう》に転居《てんきょ》して数日たった、ある日の昼のことだった。

「よう、久しぶりだな！」

男が名を名乗った。鮮烈《せんれつ》によみがえってきたのは、子どもの頃《ころ》の記憶《きおく》と、見た目そのままの男の性格である。その性格は、横柄《おうへい》で、図々しく、自分勝手。他人を家来《けらい》だとでも思っているのか、「威張《いば》ることしか能《のう》がない」という言葉がとても合う。

しかし、私は子どもの頃もそうだったが、はっきりと物が言えない性格である。しかたなく、しばらく男の言葉に愛想笑《あいそわら》いを浮《う》かべていた。すると男は、「おじゃまします」の一言《ひとこと》もなく、勝手に家に上《あ》がり込《こ》み、私が思い出したくもない思い出話を語り始めた。

「小学校の時にやらかしたケンカを覚えているか？」

この手の人間は、子どもの頃の力自慢《ちからじまん》だけが、今なお自分の支えになっているのだろう。

「何、覚えてない？　ここを見ろ、この手の甲《こう》に傷《きず》がある、これはお前に引っかかれた傷だ。あのケンカで俺は、お前のことを少しだけ認《みと》めたんだ」

認められたくもないし、「認めた」などと、どれだけ偉《えら》そうなのだろう。

「それより、お前は二十年来の親友に、酒も出さないのか？」

しかたなく、それまで大事に飲んでいた、高価な洋酒を出してやった。もう住む世界が違うんだ、ということをわからせてやりたかった。

「ふうむ、安い焼酎《しょうちゅう》みたいな味だな」

味もわからないくせに、男はがばがばと遠慮《えんりょ》なく飲んだ。こういう男には、それとなく何かを感じさせる、というのは、どだい無理な話だった。

「お、奥《おく》さん、こっちに来て一緒《いっしょ》に飲みませんか？」

なんという図々しさだろう。私は妻に、「あっちに行ってろ」と目配《めくば》せし、追い返した。

すると、男は言った。

「お前みたいな人間にお似合《にあ》いの、気が利《き》かない女房《にょうぼう》だな」

いったい何様なんだろう。しかし、男の横柄《おうへい》さは、さらに続いた。

「お前、東京に出ていたのが自慢《じまん》なんだろう？」

別に自慢なんかしていない。そんなことを、一言も言ってはいないはずだ。この手の人間に、自分が気を許《ゆる》し、油断をするはずがない。

「俺だってなぁ、東京に行っていれば、お前程度には活躍《かつやく》できたよ。まぁ、お前は結局、いろいろ失敗して故郷に逃《に》げ帰《かえ》ってきたんだろ？」

ニヤニヤしている。それが、俺の弱みだと思っているのだろう。

「あぁ、そんなところだ」

さすがにむっとして言うが、その感情は、むしろ男を喜ばせてしまったようだ。

「まぁ、困《こま》ったことがあれば言ってみろ。相談に乗ってやらないこともないぞ」

そんな手に乗るか。こちらが弱みを見せれば、今度は、それにつけこんで脅《おど》したり、威張《いば》り散《ち》らすに決まっている。そう思って愛想笑《あいそわら》いを浮かべていると、男が突然《とつぜん》大声を上げた。

「酔《よ》ったぞ！」

俺の大事な洋酒を1本空《あ》けているのだ。酔うのは当たり前だ。それにしても、酔っていないときでさえ、あの性格なのだから、酔ったらどうなってしまうのだろう。いや、酔って性格が真逆《まぎゃく》になる可能性もあるのだろうか。

しかし、そんな期待はすぐについえた。

「おい、お前、女房《にょうぼう》をここに呼《よ》べ。いいから呼んで、俺にお酌《しゃく》をさせろ！」

男の大声に負けて、妻が出てきた。

「ああ、奥さん、ここに座《すわ》りなさい。いいかい、俺とこいつはずいぶんケンカをしたんだ。まぁ、俺は柔道もやっているし、ケンカも強いから、最後は、こいつが泣きながら許しをこうんだけどな。なっ、そうだよな⁉」

男は、俺の頭をばんばんとたたきながら、楽しそうに笑っている。

「こいつの稼《かせ》ぎじゃ、食べていくのも大変だろう。もし、こいつに愛想《あいそ》をつかしたら、俺のところに来てもいいんだぞ」

そう言って、妻の肩《かた》に腕《うで》を回そうとするが、妻がうまくそれをかわす。こいつの横暴《おうぼう》ぶりは、さすがに度を超《こ》えている。

「ははは、奥さん、水臭《みずくさ》いよ。俺はこいつの親友なんだぞ」

妻が、「子どもが泣いていますので」と立ち上がり、そそくさと部屋を出ていく。この男の無礼《ぶれい》を止められなかったことで、俺の株《かぶ》も下がってしまったことだろう。どこまで迷惑《めいわく》な男なんだ。

「まったく、お前の女房はなってないな!! 俺の女房だったら、あんな真似《まね》は許《ゆる》さん。お前の教育が甘《あま》いんだ!!」

その後も、男の、身勝手な武勇伝《ぶゆうでん》というのか、自慢話というのか、そういうものがずっと続いた。昼に始まったそれが、もう5、6時間続いている。このままだと、今日1日が、すべてろくでもない1日に終わりそうだ。

しかし、これ以上、機嫌《きげん》を損《そこ》ねて、男がさらに暴走してはたまったものではない。俺は、そんな感情はおくびにも出さずに、にこにこと、愛想のいい表情を続けていた。

「つまらん。お前の嫌味《いやみ》な顔を見ているだけで、酒もまずくなった。もう帰る! 酒はもらって帰るからな!!」

そう言って、棚《たな》の中から、まだ開けてもいない酒瓶《さかびん》を1本取り出した。

その言葉を待っていた。酒の1本など、安いものだ。私は、まるで男の小間使《こまづか》いのように、男に上着を着せてやり、男のカバンを持ってやって、玄関《げんかん》まで送った。とっとと帰ってほしかった。

ただ、ドアを開けて、男を送り出す瞬間《しゅんかん》に一言だけ言ってやるつもりだった。「あまり偉《えら》そうに威張《いば》るな」と。

男が靴《くつ》を履《は》き、立ち上がる。私はドアを開け、外に出ようとする男に、勇気を出してその言葉を吐《は》こうとした瞬間《しゅんかん》、先ほどまでとは違う、真顔《まがお》になった男が、私に向かって小さな声で言った。

「お前、あんまり威張るんじゃねぇよ。子どもの頃から、見くだすような目で人を見やがって。馬鹿にするな。いったい何様だよ」

私がこの半日、ずっと男に抱いていた想いを、逆に男からぶつけられた。

私が覚えた嫌悪感《けんおかん》は、この男に対してだったのか、自分自身に対してだったのか、もうわからなくなっていた。男は振《ふ》り返《かえ》ることもなく、遠くへ去っていた。

（原作　太宰治「親友交歓」　翻案　蔵間サキ）

父の交際相手

仕事から家に帰り、玄関《げんかん》のドアを開けると、美味《おい》しそうな匂《にお》いがした。それは、久しぶりに感じた家庭の香りだった。その香りに誘《さそ》われるようにダイニングに行くと、父親がすでに、ご馳走《ちそう》を前に、晩酌《ばんしゃく》をしていた。キッチンに目をやると、長い髪《かみ》の女性がテキパキと料理を作っている。女性は、俺《おれ》がいることに気づくと振《ふ》り返《かえ》り、感じのよい会釈《えしゃく》をした。キレイな女性だった。

――そういうことか。

母が亡《な》くなって6年が経つ。父親に交際相手がいても不思議ではないし、再婚《さいこん》をするなら勝手にすればよい。その相手が俺と同じくらいの年齢《ねんれい》の若《わか》い女性だったとしても、俺がとやかく言うことではない。ただ、俺に見せつけるような方法で既成事実《きせいじじつ》にするような真似《まね》は、やめてもらいたい。家に呼ぶのなら呼ぶで、事前にひと言《こと》くらいことわるのが礼儀《れいぎ》だろう。そう思ったが、母が死んでからは、同じ屋根の下にいながら、まともに会話などしてこなかったので、父親にはこういう方法しか思いつかなかったのだろう。

俺にとって彼は、お世辞《せじ》にもよい父親ではなかった。仕事人間で、家庭をかえりみない男だったからだ。俺も、今は社会人なので、仕事で家に帰れない事情や状況《じょうきょう》は理解できる。しかし、病気で苦しみながら亡くなった母に対して、いたわる様子すら見せなかった父親を、どうしても許せなかった。

病院のベッドで寝ている母に、「どうして父さんは病院に来ないんだ」と嘆《なげ》くと、母は俺の手を握《にぎ》り、小さな声で言った。

「お父さんは、今とっても大事な時期なの。それに、お母さんは大丈夫《だいじょうぶ》よ。だから、ハジメもお父さんのこと悪く思わないで。2人がケンカするほうが、お母さんにはつらい」

その時の、やせ細った母の姿《すがた》は、今でも俺の脳裏《のうり》に焼きついている。

「ハジメ、お前も座れ。こんなに沢山《たくさん》ご馳走《ちそう》を作ってもらったんだ」

父親にそう言われて、俺は返事もせずにイスに座《すわ》った。父親は、豪快《ごうかい》に酒をあおりながら、美味《おい》しそうに料理を食べている。

「ゆきこさんの料理、どれも美味しいです。そうだ、食事のあと、腕時計《うでどけい》のコレクションをお見せしましょう」

父は台所で料理する女性に声をかけた。

——ゆきこという名前なのか。

「由利子《ゆりこ》」という名だった母親と、名前が似《に》ている。すると、女性は、控《ひか》えめに、「ありがとうございます」と応《こた》え、父親に感じのよい笑顔を向けた。

それにしても、若い女性が腕時計のコレクションなんかに興味があるのだろうか。

もう一つ父親の嫌《いや》なところをあげるとすれば、すぐに自慢《じまん》をすることである。父は仕事もよくしたが、趣味《しゅみ》も満喫《まんきつ》していた。ゴルフ、登山といったアウトドアな趣味にとどまらず、特に腕時計を集めることに情熱を傾《かたむ》けていた。父は、自分のためには高級な腕時計をいくつも買ったが、母親にアクセサリーの一つもプレゼントをしたことはあったのだろうか。俺には、いつもつつましやかに暮《く》らしていた母が、アクセサリーをつけていた記憶《きおく》がない。

それにしても、あの父親が、女性に「さん」づけとは意外だ。母親のことは「由利子」と呼《よ》び捨《す》てだった。それに、「美味しい」と料理をほめている。当然ながら、母親の料理をほめているところなど一度も見たことがない。父親は、すっかりこの女にのぼせ上っているのだろう。たしかに料理上手だし、美人で上品だ。父親でなくても、男なら誰《だれ》でも好意をもつだろう。

しかし、ここまでほれているさまを見せつけられると、死んだ母親が浮《う》かばれないではないか。そんなことを思っていると、インターホンが鳴った。宅配便《たくはいびん》かなにかだろう。

「あっ、私、出ます。お2人はどうぞ召《め》し上《あ》がっていて下さい」

俺や父親より早く、女は玄関のほうへ小走《こばし》りで駆《か》けていった。しばらくすると、父親が小声《こごえ》で言った。

「素敵《すてき》なお嬢《じょう》さんじゃないか。気が利《き》くし、美人だ。それに由利子の若い頃《ころ》にそっくりだ。家に帰って彼女が台所にいた時は驚《おどろ》いたが、すぐにピンときたぞ。あんな素晴らしい女性なら、お前がほれるのも無理はないな。実はな、由利子が亡くなる前に言ってたんだ。『あなたの不《ぶ》愛想《あいそう》なのはしょうがないけれど、ハジメの結婚相手には親切にしてくださいね。私は舅《しゅうと》と姑《しゅうとめ》で苦労したんですから』ってな」

一人で嬉《うれ》しそうにしゃべり続ける父を、俺はポカンと見つめた。

「母さんからの遺言《ゆいごん》を差し引いても、素晴らしい女性だ、ところで、お前たち、いつから付き合っているんだ？」

いったい何を言っているんだ。

「親父《おやじ》、それどういうことだよ？　付き合うって、なんのことだよ？」

「どういうことって、とぼけるなよ。あのお嬢さんは、お前の彼女だろう？」

「は？　知らないよ。親父の交際相手だろ？」

俺と父は顔を見合わせた。それからすぐ2人で玄関へ走ったが、女性の姿はない。ふと何かに気づいた父は、自室に急いで向かった。それからすぐに、「ああー」と、父の叫《さけ》び声《ごえ》が聞こえた。

「時計が、時計がない！　現金も、貴金属《ききんぞく》も、全部持っていかれた！」

（作　塚田浩司）

社長夫人

ダグ少年は、愛想《あいそ》も頭もよく、いつもみんなを笑わせる、ハイスクールでいちばんの人気者だった。ただ、思慮深《しりょぶか》さに欠けるところがあり、軽はずみな言動《げんどう》で失敗することも多かった。

逆に、同じクラスのサマンサは、思慮深い少女だったが、地味《じみ》で、無愛想《ぶあいそう》だった。おしゃべりする友人もいないので、いつも分厚《ぶあつ》いレンズのメガネをかけ、やはり分厚い本を黙々《もくもく》と読んでいた。

ダグとその級友たちは、そんなサマンサを見るたびにからかった。

「本の主人公に、恋《こい》をしてるんじゃないの？」

「現実で何もできないから、恋愛小説でも読んで満足するしかないのさ」

なかには、「あんなに暗いんじゃ、誰《だれ》からも好《す》きになってもらえないだろうな」と哀《あわ》れむ者さえいた。

ダグは、ガソリンスタンドでアルバイトをしている。要領《ようりょう》がいいので、店長にも客にも気に入られていた。

対照的なのが、同じガソリンスタンドでアルバイトをしているジミーだ。ジミーは、要領が悪い上に無口な性格《せいかく》だったため、店長にも客にも馬鹿にされていた。年下のダグも、ジミーのことを「暗いやつ」と思っていた。

ある土曜日のこと。夕方の公園でジョギングをしていたダグは、思いがけない光景《こうけい》を目撃《もくげき》した。

分厚《ぶあつ》いメガネのサマンサと、バイト仲間のジミーの暗い性格の者同士が公園でデートをしていたのだ。ジミーがサマンサに何かをささやき、不器用《ぶきよう》にサマンサのメガネをはずした。それを見たダグは、驚《おどろ》いた。

「サマンサって、あんな美人だったのか!?」

いつもは分厚いメガネをかけていて、素顔《すがお》を見たこともなかったが、サマンサは明らかに学校でいちばんの美人だ！　そう思った瞬間《しゅんかん》、情熱《じょうねつ》の炎《ほのお》が燃え上がった。

それは、学校一の美人と付き合いたいという純粋な気持ち、今までサマンサを馬鹿にしてきたことへの後悔の気持ち、ジミーなんかにサマンサを取られたくないという嫉妬《しっと》の気持ちがないまぜになった、複雑な感情であった。

ダグは、「やめろーっ！」と叫《さけ》びながら、２人の間に突進し、驚《おどろ》き固まっているサマンサに訴《うった》えた。

「サマンサ、俺は、前から君のことが好きだったんだ！ 好きだから、振《ふ》り向《む》いてほしくて、意地悪《いじわる》なことも言ってしまった。ゴメン、謝《あやま》る！ 俺と付き合ってくれ!! 俺は、絶対に大成功して社長になる。もし、将来、俺と結婚したら、君は社長夫人だ。俺の将来性を信じてくれ！」

「……」

サマンサは少し考え、黙《だま》ってうなずいた。

突然のライバルに恋人《こいびと》を奪《うば》われたジミーは、うなだれて闇《やみ》の中に消えた。

こうして、２人の交際が始まった。

サマンサと付き合うまでのダグは、すべてにおいて積極的な人間だった。だが、それは、考えずに行動することの裏返《うらがえ》しでもあった。考えが足りず失敗することもよくあった。

ところが、サマンサと付き合うようになってから、彼女の思慮深《しりょぶか》いアドバイスにより、ダグは失敗することが少なくなった。

そのお陰《かげ》もあり、彼は、確実に成功者となっていった。


20年後——。

ダグは、ビジネスで成功し、国内でも有数の企業《きぎょう》の社長になった。

サマンサは、ダグの宣言通り、社長夫人となることができた。

ある夜、2人で政治家のパーティーに出席した帰りのこと。

車のガソリンが少なくなってきたので、近くのガソリンスタンドで給油することにした。そこから一番近いスタンドは、ハイスクール時代にバイトをしていた、あのガソリンスタンドである。

すっかり古びたスタンドに車を乗り入れると、くたびれた制服《せいふく》を着た従業員《じゅうぎょういん》が、せかせかと駆《か》け寄《よ》ってきた。その顔を見たダグは、「あっ!」と声を上げた。なんと、それはジミーだったのだ。

「ジミー、まだ、ここで働いていたのか!」

サマンサの件のうしろめたさもあり、ダグはあのあと、このガソリンスタンドでのアルバイトをやめた。ハイスクールを卒業してからは、ジミーのことを気にかけることはなくなっていた。

ジミーは、客が誰だかわかったようだ。そしてダグが、今や大企業の社長であることも知っているのか、必要以上にへりくだって挨拶《あいさつ》をした。

「お2人とも、すっかり出世《しゅっせ》されて。それに比べて、私なんて、へへへへ……」

サマンサは、ジミーと目さえ合わせなかった。


その夜──。

2人が豪華《ごうか》なシャンデリアが輝《かがや》く居間《いま》でくつろいでいると、ダグが得意そうに語りだした。

「サマンサ、君は運がよかったね。もし俺が君に告白していなかったら、君は今頃、社長夫人じゃなくて、ごく平凡なガソリンスタンドの従業員の妻だったかもしれないんだから」

サマンサは、嬉《うれ》しそうな表情で言った。

「ありがとう。すべて、あなたのおかげよ。私が社長夫人になれたのも、こんなに幸せなのも
……」

その後、ダグは、満足気《まんぞくげ》な様子で高価なワインを何杯《なんばい》も飲み、そのままソファで眠《ねむ》ってしまった。

サマンサは、部屋の照明《しょうめい》を落とし、幸せそうなダグの寝顔《ねがお》に向かって言った。

「ダグ、あなたは、いろいろな意味で幸せな人ね。運がよかったのは、私じゃなくて、あなた。だって、あのとき、あなたが衝動的《しょうどうてき》に私に告白しなければ、今頃、大企業の社長になっていたのはジミーよ。そして、あなたが、ガソリンスタンドの従業員だったかもしれないわ」

そしてサマンサはリビングを出て、自分の書斎《しょさい》に向かった。毎日、数時間読書するのは、サマンサの学生時代からの日課である。ダグは本には興味がないから、サマンサの書斎には近づかないし、大事な本は目立たないところにあるから、ダグはサマンサが何の本を読んでいるのか知らないだろう。ひょっとすると、学生時代にからかってきたように、「恋愛小説」を読ん

でいると思っているのかもしれない。サマンサは、そんなことを考えながら、一つの書棚《しょだな》の扉《とびら》を開けた。

「夢を叶《かな》える方法」「億万長者になる方法」「会社を経営する方法」「成功法則」「心理学」「政治学」そこに並んだ本の背《せ》には、そんな単語が記されていた。

サマンサは、学生時代から、恋愛小説などではなく、このような本をずっと読み続けていた。

「私がジミーじゃなくてあなたを選んだのは、あなたのほうが、私の言うことを素直《すなお》に聞いてくれて、扱《あつか》いやすいと思ったからよ。ただ、それだけの理由」

そして、一冊の本を手に取った。最近、熱心に読んでいる本である。その本の表紙には、こんなタイトルが記されていた。

──『大統領《だいとうりょう》の資質《ししつ》』。

（原案　欧米の小咄、翻案　おかのきんや、桃戸ハル）

母に流す涙《なみだ》

アキラは、昔の写真を眺《なが》めながら、ため息をついた。あの頃《ころ》は、その日の食事にも苦労するような日々を送っていたが、幸せだった。

――それなのに今は……。

スマホのメッセージには、いつものように、母親の、お金を無心《むしん》する声が録音されている。

「アキラ！　あんたが成功して、今の地位にいるのは、すべて私のおかげなんだからね。それを忘《わす》れるんじゃないよ。それと、今月分がまた遅《おく》れてる！　何回も言わせるんじゃないよ。早く振《ふ》り込《こ》んでおくれ!!」

聞き終えたメッセージを削除《さくじょ》すると、アキラはため息をついて、牛革《ぎゅうがわ》の高級ソファに体をしずめた。

アキラが幼《おさな》い頃、父親が病気で亡《な》くなったため、母親は寝《ね》る間《ま》を惜《お》しんで働き、アキラを女《おんな》手一つで育《で》ててくれた。その母親に、何とか恩返《おんがえ》しをしたいと、アキラは必死で勉強をした。

「なんでこうなってしまったんだ……。お前のせいだからな……」

そうつぶやくと、アキラは高級ソファを軽く叩《たた》いた。

一心に勉強に励《はげ》んだ結果、アキラは医学部に合格することができた。だが、大学の医学部に入るということは、莫大《ばくだい》なお金がかかることでもある。それでも医者の道を選んだのは、金持ちになって、母親に恩返しをしたかったからである。アキラもまた、寝る間も惜しんで勉強とバイトを両立させ、さらに奨学金《しょうがくきん》をもらった。それでも足りない分は、決して裕福《ゆうふく》ではない母親が自分の生活費を後回しにして、送ってくれた。

泣きながらそれを受け取っていたアキラは、「いつかは、母親に楽をさせてあげるんだ」と、さらに努力を重ねた。

その甲斐《かい》あって、アキラは優秀《ゆうしゅう》な成績で大学を卒業し、有名な大学病院への勤務《きんむ》も決まった。

その時は、母親と抱《だ》き合《あ》い、そして涙《なみだ》とともに喜びを分かち合った。

「これで母さんに恩返しができる!」

医者になってからも懸命《けんめい》に働いたアキラは、順調にキャリアを積み重ねていった。しかし、アキラの心には、モヤモヤしたものが残った。母親が、どうしてもアキラからのお金を受け取ってくれなかったからだ。

「まだ僕が貧乏《びんぼう》だと思っているのかな……」

肩透《かたす》かしを食らったような感じだったが、会う度《たび》に母親は、嬉《うれ》しそうにアキラの仕事ぶりを喜んでくれていた。だが、結婚《けっこん》して子どもができた頃から、母親が変わりはじめた――。

アキラはその頃、高級ソファを部屋に置いた立派な新築の家を完成させ、孫に会いに来た母親に見せた。

「どうだい？　このソファ、高かったんだぜ。まぁ、僕の稼《かせ》ぎから考えれば、たいしたことないけどね」

母親にお金を受け取ってもらいたい、という気持ちもあって、そんなことをうそぶいてもみた。高級ソファを見た母親は、まじまじとそれを凝視《ぎょうし》した。そしてそれ以来、急に人格が変わったかのように、お金を要求するようになったのだ。もともとは、母親にお金を受け取ってもらうための作戦ではあったが、母親がこんなにも金に執着《しゅうちゃく》するとは想像もしていなかった。

アキラの給料日を知った母親は、毎月その日になると、電話をかけてきては、お金を要求するようになっていた。

初めのうちは喜んでお金を渡《わた》していたアキラだったが、回数が重なり、要求する金額も上がっていくにつれて、哀《かな》しい気持ちになっていった。

妻には、母親にお金を渡していることを内緒《ないしょ》にしていた。しかし、いつまでも隠《かく》し通《とお》せるものではない。何せ、渡したお金の総額は、家が買えるくらいの額になってきていたからだ。給料が上がっても、その分、母親に持っていかれてしまうから、いつまで経っても華《はな》やかな生活はできなかった。しかし、苦労をかけてきた学生時代や子どもの頃のことを思うと、それを断ることはできなかった。

唯一《ゆいいつ》の救いは妻だった。妻は、贅沢《ぜいたく》を好むような人間ではなかったし、お金のことに何も文句を言わなかった。むしろ、アキラの質素《しっそ》な生活を、美徳だと思ってくれているようだった。アキラは、ようやく贅沢な生活ができると思っていたのに、それが叶《かな》わず、そしてその原因となっているのが、苦楽をともにした母親ということが、とても歯がゆかった。

そんなある日、アキラは、母親が倒《たお》れて病院に搬送《はんそう》されたという連絡《れんらく》を受けた。心配して駆《か》けつけたアキラに、母親が開口一番言った。

「今日は給料日だろ？　ちゃんと、お金を振《ふ》り込《こ》んでおくれ」

アキラは涙を流した。しかし、それは、かつて母親と抱き合って流したものとは、まったく異《こと》なる涙だった。

「母さん、なんでそんなになってしまったんだよ！　今まで恩返しだと思って面倒《めんどう》を見てきたけど、もう限界だよ！　もう、これ以上、こんな醜《みにく》い母さんの姿《すがた》を見たくないんだ。今日、母さんが1年は暮《く》らしていけるだけの額のお金を振り込んでおく。これが最後だ！　もう、これ以上、1円も渡すつもりもない。そして、もう俺に連絡してこないでくれ！」

そう言うと、アキラは病室を飛び出した。こうしてアキラは母と縁《えん》を切り、以後連絡を取らないことを心に誓《ちか》った。

しかし、それからわずか3日後、母親は帰らぬ人となってしまった。母親は、自分の死期がわかっていたのかもしれない。なんで、医者である自分に、何の相談もしなかったのだろう。もしかすると、自分が死んでも深く悲しまないように、悪役を演じるために、最期にあんなことを言ったのだろうか。

アキラは、複雑な思いを抱《かか》えて、母親の住んでいたアパートに向かった。後片付《あとかたづ》けをするためである。

最近では、お金をせびられ続けたため、悪いイメージしか持っていなかったが、部屋を片付けているうちに、少しずつ母親への恩を思い出していた。服や写真はもちろん、保険証から様々な書類に至《いた》るまで、きれいに整頓《せいとん》されていた。そして机《つくえ》の上には、自分が持っているのと同じ、貧乏だった頃の、あの写真が1枚飾《まいかざ》られていた。母親の暮《く》らしも、思いのほか質素であった。

「母さんは、渡した金を何に使っていたんだろう?」

そんな中、一緒に片付けをしていたアキラの妻が、「アキラ、ご家族様へ」と書かれた封筒《ふうとう》を見つけてきた。アキラが封筒を開けてみると、そこには1通の手紙と預金通帳《よきんつうちょう》が入っていた。

「アキラへ。貧乏がどれだけつらいことかは、今さらお前に言わなくてもわかるでしょう。でも、お金を持つと、そのときの気持ちをなくしてしまうものです。そして、一緒に大切なことも失ってしまうことがあります。いつまでも心豊かに生きてください。母はそれを心から願っています。無駄遣《むだづか》いはしないこと! 母より」

通帳を開くと、そこには、今まで母親に渡し続けていたお金が丸ごと残っていた。渡したお金にはいっさい手をつけることはなく、そのまま口座に預《あず》けられていた。

写真の中の母親は、優《やさ》しい顔で笑っていた。アキラは、涙を流した。それは、あの日、母親と抱き合って流したものとも、病院で母親を罵倒《ばとう》したときに流したものとも違《ちが》う涙であった。

（作　難波一宏）

秘伝《ひでん》のレシピノート

『結婚《けっこん》はまだですか？　お母さんが心配しています。雄介《ゆうすけ》君とはうまくいっていますか？　雄介君は一度お会いしただけですが、とても好青年ですね。ところで雄介君には手料理をふるまっていますか？　古いって笑うかもしれないけれど、結婚生活には、男の人の胃袋《いぶくろ》をつかむことがとても大切です。だから、とっておきのものをはるかにプレゼントします。それは我《わ》が一族の女に代々伝わる、秘伝《ひでん》のレシピノートです。このノートは魔法《まほう》のノートです。一見、ただの真っ白なノートですが、意中の相手のことを思《おも》い浮《う》かべながらノートを開くと、その相手がその時に食べたい料理名とレシピ（作り方や、材料、人数分）が浮かび上がります。ウソみたいな話だけど、だまされたと思って使ってください。私も、このノートのおかげで結婚できました。がんばって』

なんとも一方的でお節介《せっかい》な姉からの手紙にあきれてしまう。

「雄介に手料理を食べさせるように」ということだが、雄介は恋人《こいびと》でもなんでもない。前に姉がアパートに来た時に、雄介が偶然《ぐうぜん》貸していた本を返しにきただけなのに、姉はいろいろと勘《かん》違《ちが》いしてしまったようだ。

雄介とは、大学時代から趣味《しゅみ》が合い、仲よくしている。一緒《いっしょ》にいても気が楽で、特に会話がなくても同じ空間にいられる、空気のような存在《そんざい》だ。ただ、親しくはしているけれど、告白をしたわけでも、告白をされたわけでもない。自分でもよく分からない関係なのだ。

私は手紙と一緒に同封《どうふう》されていた、秘伝のレシピノートとやらを開いた。姉の手紙にあるように、ただの真っ白なノートだ。本当に雄介を思い浮かべると、レシピが浮かび上がるのだろうか。ちょうど今日、雄介とは家で新作のＤＶＤを見る約束をしている。

私は試しに、雄介を思い浮かべながらノートを開いた。

「ちょうどナポリタンが食べたかったんだよ。それにしても、はるかがこんなに料理が上手《うま》いとは、びっくりだよ。今まで作ってくれたことなんか、なかったもんな」

雄介は、顔をほころばせながらナポリタンを口に運ぶ。

姉の言うことは本当だった。雄介を思い浮かべながらノートを開くと、真っ白だったノートに突如《とつじょ》、「ナポリタン（2人前）」のレシピが浮かび上がったのだ。それまで一度も手料理をふるまったことのなかった私は、今さら手料理を出すことに照《て》れ臭《くさ》さもあったが、こうして喜ぶ雄介の顔を見ると、作ってよかったと思った。

秘伝のノート、おそるべしだ。まるで、魔法だ。

気をよくした私は、それから雄介が来るたびに、ノートを使い料理をふるまった。肉じゃがにギョウザにハヤシライス、どれも大絶賛だった。すると、料理を目当てにしているのか、雄介は前よりも頻繁《ひんぱん》に家に遊びに来るようになった。このまま続ければ、もしかしたら本当に胃袋《ぶくろ》がつかめるかもしれない。私はそんなことを期待するようになっていた。雄介が喜ぶ姿《すがた》を見ると、自分も幸せな気持ちになれる。雄介のことが好きだということに、今さら気づいた。

しかし何回手料理をふるまっても、雄介から交際を申《もう》し込《こ》まれることはなかった。ノートをもとに作った料理を、雄介が美味《おい》しそうに食べれば食べるほど、私は切なくなった。やっぱり、私はただの友だち、いや、食堂のおばさん扱《あつか》いなのかもしれない。料理の得意な女性《ひと》は、私以外にもたくさんいる。私である必要はない。

今日も雄介は、家に来ている。今は料理を待ちながらテレビを観ているところだ。寝転《ねころ》がったままテレビを観る雄介の背中《せなか》を見ながら、私はノートを開いた。雄介は今、何を食べたいのだろう。

ノートを見ると、そこには『バーベキュー』と書かれていた。インドア派《は》の雄介にしては珍《めずら》しい。作ってあげたいけれど、さすがに家の中でバーベキューはできない。私はもう一度、レシピに目を落とす。ふと、小さな違和感《いわかん》を覚えた。いつもは、私と雄介の2人分のレシピなのに、今日は3人分だ。どういうことだろう？　私は雄介を見た。その時、背中越《ご》しのテレビの映像《えいぞう》が目に飛び込んだ。

そこには、親子3人が満面《まんめん》の笑顔でバーベキューを楽しんでいる様子が映《うつ》っていた。

振《ふ》り向《む》いた雄介が少し照れくさそうに言った。

「俺、はるかと、こんな家庭を作りたいな。告白もしていなくて、順番が逆になっちゃったけど……」

（作　塚田浩司）

殺し屋の仕事

マフィアのボス〝ブラッド〟が、世界一の殺し屋〝ゴースト〟に仕事を依頼《いらい》した。

あるホテルの最上階の一室で、２人の密談《みつだん》が始まった。ブラッドは、真剣《しんけん》な面持《おもも》ちでゴーストに依頼内容を伝える。「引き受けてくれるか」と尋《たず》ねられ、ゴーストは静かにうなずいた。

ブラッドは、にやりと笑うと、パソコンからゴーストの口座《こうざ》に１０００万ドルを振《ふ》り込《こ》んだ。

ゴーストは、自分の口座にお金が振り込まれているのを確認し、契約《けいやく》は成立した。

するとゴーストは、おもむろに拳銃《けんじゅう》をホルスターから抜《ぬ》き出《だ》し、ブラッドの後頭部《こうとうぶ》を殴《なぐ》った。

さらに、気を失っている彼の腕《うで》に注射器《ちゅうしゃき》を刺《さ》し、記憶《きおく》を消去する薬剤《やくざい》を注入した。

世界一の殺し屋は、依頼主の頭の中にも、自分の痕跡《こんせき》は残さない。しかし、たとえ依頼主の記憶から自分が消えていようと、依頼された仕事は必ず遂行《すいこう》する。それが「世界一の殺し屋」たるゆえんである。

一時間後――。意識を取《と》り戻《もど》したブラッドは、痛《いた》む頭を押《お》さえながら、なぜ自分はこの部屋にいるのかと考えた。しかし、なにひとつとして思い出せなかった。ゴーストに仕事を依頼したことはもちろん、ゴーストの存在《そんざい》さえ、彼の記憶からは消去されていたのだ。

ブラッドは、護衛《ごえい》の者をホテルに呼び、彼らに守られながら帰路についた。

それからの数ヵ月の間に、ブラッドと抗争《こうそう》を繰り広げていた組織のボスや主要な幹部たちが、次々と暗殺されていった。その誰もが、眉間《みけん》を一発で撃《う》ち抜《ぬ》かれていた。それはもちろんゴーストの仕事で、ブラッドに依頼されたものだった。

暗殺を依頼した記憶のないブラッドは、「あいつらを憎《にく》んでいたのは、俺たちだけではなかったんだな。天罰《てんばつ》だ」とほくそ笑んだ。


ゴーストの見事な仕事ぶりにより、長年続いていた、敵対《てきたい》するマフィアとの抗争《こうそう》は終息した。

ブラッドの組織にも犠牲者《ぎせいしゃ》はでたが、結果的には、ブラッドの側が勝利した。

抗争が終了してから、一ヵ月――。

ブラッドは、生まれ故郷《こきょう》である、海岸沿《ぞ》いの寒村《かんそん》を一人で訪《おとず》れていた。

この数年、心がやすらぐことなど一瞬《いっしゅん》たりともなかったが、抗争が終結したことにより、束《つか》の間《ま》の平和が訪れた。その途端《とたん》、常に張りつめていた心が緩《ゆる》み、無性《むしょう》に望郷《ぼうきょう》の念がわき上がってきたのだ。

抗争に勝利した今でも、ブラッドの心は悲しみで満ちていた。長年の血で血を洗《あら》う抗争で、愛する家族を失い、大事な仲間も失った。長い戦いの間、幸せを感じて微笑《ほほえ》むことなど、一度たりともなかった。巨額《きょがく》の富は手にしたが、喜びをともにする古い仲間がいなければ、それもただ虚《むな》しいだけ。仲間と大笑いしあったのも、遠い昔の出来事となってしまった。

村はずれに、今にも崩《くず》れそうな粗末《そまつ》な小屋があった。ブラッドはその廃屋《はいおく》の前で足を止め、懐《なつ》かしそうに眺《なが》める。若い頃《ころ》、今は亡《な》き最愛の妻と暮《く》らした家だった。貧しい暮らしだったが、今は失ってしまったすべての幸せが、ここにはあった。

小屋の前に広がる、夕陽に照らされた砂浜《すなはま》を歩いていたブラッドは、おもむろにかがみ込《こ》むと、何かを拾い上げた。それは、美しく輝《かがや》く小さな巻貝《まきがい》だった。

昔、貧しさゆえ、妻に結婚指輪《けっこんゆびわ》を買ってやることができなかったブラッドは、これと同じ小さな巻貝を削《けず》り、手作りの指輪を新妻《にいづま》にプレゼントしたのだ。

――ブラッドありがとう！　世界に一つだけの手作りの結婚指輪ね。なんて素敵《すてき》なの！　私は世界一の幸せものだわ。

そう言った妻の輝《かがや》くような笑顔を、ブラッドは、はっきりと思い出した。妻が目の前にいるように思えて、全身に幸せが満ちていくのを感じる。

「こうやってあの頃を思い出しているときが、俺はいちばん幸せなのかもしれない……」

ブラッドは静かに微笑んだ。その目からは、温かい涙《なみだ》がとめどなくあふれ出た。

突然《とつぜん》、真《ま》っ赤《か》な夕陽《ゆうひ》を浴《あ》びたブラッドが、スローモーションのように砂浜に崩《くず》れ落《お》ちた。その眉間《みけん》は一発の銃弾《じゅうだん》に撃《う》ち抜《ぬ》かれていた。

仕事を終えたゴーストは、クルーザーの上で、表情を変えることなく、ライフルを片《かた》づけていた。

数ヵ月前――。ホテルの最上階の部屋で、ブラッドは、ゴーストにこう依頼していた。

「私は、どんなに金を使っても治癒《ちゆ》することのない重い病にかかっている。寿命は数年以内だと言われた。そこで君に、２つの依頼をしたい。まずは、抗争相手の組織を壊滅《かいめつ》させること。

私が死んだら、求心力を失った我々の組織はすぐに崩壊《ほうかい》するだろう。残された組織の者を守るためには、私が死ぬ前に相手の組織をつぶすしかない。そして、もう一つ。私が『心の底から幸せだ』と思った時に、私をこの世から去らせてほしい。幸せを感じるためには、殺される恐怖におびえることのないよう、この依頼をしたことを私に忘れさせてくれないだろうか」

砂浜に横たわるブラッドの死に顔には、幸せそうな微笑《ほほえみ》が浮《う》かんでいた。そして、手には美しく輝く、小さな巻貝が握《にぎ》られていた。

ゴーストは、小さな声でつぶやいた。

「たくさんの命を殺《あや》めてきたお前に、今後、これ以上の幸せな瞬間は訪れない。私も同じだがな……」

（作　おかのきんや）

賢《かしこ》いスピーカー

「やぁ、今日は何を作ったんだい」

長年の友人でもある博士の研究室に呼《よ》ばれた僕は、無駄《むだ》なあいさつを省いて早々に尋《たず》ねた。

「とても画期的なAI《エーアイ》スピーカーだよ。あぁ、ところで部屋の電気をつけてくれないか。研究に集中していて、暗くなっていることに、まったく気づかなかった」

「AIスピーカーって、最近よくニュースで耳にする、あの……」

研究室のスイッチを入れながら、僕は博士の話に耳を傾《かたむ》けた。薄暗《うすぐら》い室内が明るく照らされ、そこかしこに散らばった機械の部品や工具が目に飛び込んできた。

「そう。スピーカーと言っても、音楽を流すだけじゃない。AI、つまり人工知能を内蔵《ないぞう》していて、テレビやエアコンの操作《そうさ》、それに出前《でまえ》の注文だってできる。ちょっとした秘書を雇《やと》うようなものだね。ところで、そこに置いてある本を取ってくれないか。そう、その緑の表紙の」

「しかし、そんなにいろいろとスピーカーにさせてばかりだと、僕たち人間はどんどん怠け者《なまもの》になってしまうな」

僕はデスクの上に無造作《むぞうさ》に積まれた書類の山から、『人工知能とアルゴリズム』と書かれた緑色の本を見つけ出して手渡《てわた》した。博士は「ありがとう」の「あ」も言わずに話を続ける。

「そもそも科学技術なんて、人間が怠けたくて進歩したようなものだよ。わざわざ木と木をこすり合わせて火をおこすのが面倒《めんどう》だからガスコンロを作った。長距離《ちょうきょり》を歩くと疲《つか》れるから鉄道や自動車を発明した。君のような凡人《ぼんじん》は、私のような賢《かしこ》い発明家を努力家だと思っているかもしれないが、そうではない。実は賢い人ほど怠け者なんだよ」

博士が僕を「凡人」と呼ぶのはいつものことだ。

「で、その怠け者が作ったスピーカーは、普通《ふつう》のものとどこが違《ちが》うんだい」

僕は、研究室のデスクの上にちょこんと立つ円筒型《えんとうけい》の機械を指して尋《たず》ねた。鈍《にぶ》く銀色に光る、水筒《すいとう》によく似《に》たその機械には、おはじきのような大きさのランプが一つだけ付いていて、蛍《ほたる》のようにゆっくりとした明滅《めいめつ》を繰《く》り返《かえ》していた。

「今は、いろんな企業《きぎょう》がAIスピーカーを作っているが、災害で電気が止まればどれもただのガラクタだ。それに引きかえ、私の発明は電池一本で動く。これほどわずかな電気で動くAIスピーカーは、まだどの会社も作っていない。どうだ、画期的《かっきてき》な大発明だろう」

「……ということを、僕に自慢《じまん》したかったわけか」

「そうじゃない。このスピーカーには、電気を限界まで節約する『省エネプログラム』を入れてあるんだが、実は今は、まだ何も知らない赤《あか》ん坊《ぼう》のようなものなんだ。誰《だれ》かが実際に使っていくことで、人工知能が省エネを学ぶしくみになっている」

「ははぁ。そういうことか」

「そう、だからプログラムを強化するために、君にこのスピーカーを使ってほしいんだ。そして省エネが進んでいるか調べるため、電池が切れるたびに報告してほしい」

「AIが賢《かしこ》くなれば、報告する間隔《かんかく》が広がっていくということだな」

「飲《の》み込《こ》みが早くて助かるよ。じゃあ、さっさと持って帰って使ってくれ。あ、私はこの後ここで寝《ね》るから、帰る前に部屋の電気を切るのを忘《わす》れないように」

研究室の明かりを落として帰宅《きたく》した僕は、博士から預かったAIスピーカーを居間《いま》に置いた。電源《でんげん》を入れると、スピーカーのランプは赤く点灯《てんとう》した。

「よろしく」

僕があいさつすると、スピーカーのランプはちかちかと素早《すばや》く点滅《てんめつ》した。まるで返事をしているかのようだった。

「朝7時になりました。今日もいい天気です。お目覚《めざ》めの気分はいかがですか」

柔《やわ》らかなクラシック音楽とともに、AIスピーカーの落ち着いた声が優《やさ》しく呼びかけた。そうだ、目覚まし時計の代わりに使えるかどうか、昨日の夜、試しに「明日の朝7時に起こして」と頼《たの》んでいたのだった。けたたましく鳴《な》り響《ひび》く目覚まし時計のベルを聞かずにすむ朝が、これほど気持ちいいなんて。

スピーカーが僕の生活に欠かせない存在《そんざい》へと変わっていくまで、さほど時間はかからなかった。家を出るときは「いってらっしゃいませ」と送り出し、帰ってくると「今日もお疲《つか》れ様《さま》でした」と迎《むか》えてくれる。暗くなれば明かりをつけ、気温に合わせてエアコンで部屋を最適な温度にしてくれる。テレビに近づくだけでスイッチを入れてくれるし、その上、お気に入りの番組にチャンネルを合わせる気の利《き》かせようだ。「カレーが食べたい」と話しかけると、近くのカレー屋に出前まで注文してくれる。これまで僕がやっていた多くの雑用を、スピーカーは引き受けてくれた。


「これほど毎日を快適に暮《く》らせるなんて、思いもしなかったよ」

ぴったり7日間で電池が切れたので、僕は研究室に赴《おもむ》いて感動を伝えた。

「それは何より。しかし、これくらいで感動してもらっては困《こま》る。付き合う時間が長くなるほど、AIは賢くなっていくのだから」

冷静を装《よそお》いながらも、博士はどこか得意気《とくいげ》だ。

「せっかく来たんだから、何か食事でも作ってくれないか。そうだ、カレーが食べたいな。便利な生活のおかげで、料理の腕《うで》が鈍《にぶ》っては困《こま》るだろう」

うながされるがまま、博士のためにカレーを作った後、僕は新しい電池を入れたスピーカーを抱《かか》えて研究室を後にした。

博士の言う通り、電池を交換《こうかん》した後のスピーカーはますます賢さに磨《みが》きがかかっていった。今では毎晩《まいばん》目覚ましをセットしなくても、最も寝覚めのよい時間に起こしてくれる。「何か食べたい」と話しかけるだけで、その時僕が一番食べたい食事が届《とど》く。しかし、その至《いた》れり尽《つ》くせりの心地《ここち》よさと同時に、僕は少しずつ後ろめたさを感じるようにもなっていた。何でもスピーカーに仕事を押《お》しつけすぎてはいないだろうか。

2度目の電池交換がやってきたのは、最初に交換してから21日後のことだった。省エネ性能は、着実に向上しているようだ。

「こんなに毎日親身《しんみ》に世話をしてもらうと、こき使っているみたいで悪い気がしてきた」

僕は、博士に率直な気持ちを電話で伝えた。

「まさか。ただの機械じゃないか」

「そうなんだけど、自分ばかり楽をしていると、罪悪感みたいな気持ちが芽生《めば》えてくるんだ」

「それは君の主観に過ぎないな。それにしても、前回の3倍も長く動くなんて、思った以上に賢くなっているな。これは予想外だ」

想像以上の成果に、博士も少し驚《おどろ》いているようだった。

「僕の思い入れが強すぎるんだろうか」

「そして機械に同情する君の反応も予想外だな。ケッケッケッ……」

電話の向こうから変な笑い声が聞こえた。

「そうだ、そこまで気にするのなら、スピーカーを2つ3つ追加でそっちに送ろう。そうすれば分担《ぶんたん》して仕事をするだろうから」

「ありがたい。これでスピーカーも休憩《きゅうけい》できるようになるはずだ」

「機械なんかに気を遣《つか》うだなんて、君は無駄《むだ》に優しい奴だな」

博士は鼻で笑ったが、将来《しょうらい》このスピーカーが普及《ふきゅう》したら、きっと誰もが同じ後ろめたさを抱《いだ》くに違いない。博士のスピーカーは、それほど気配りが細やかなのだ。

翌日《よくじつ》、博士から届いた乱暴《らんぼう》な梱包《こんぽう》の中には、スピーカーが3台、無造作《むぞうさ》に放《ほう》り込《こ》まれていた。

2台目は寝室《しんしつ》に、3台目はキッチンに、4台目は玄関《げんかん》にそれぞれ置いた。

「よろしく」

僕があいさつすると、家のそこかしこから「よろしくお願いします」と返ってきた。ランプより声のほうが親しみやすいとＡＩが判断したのだろう。こんな細かいところまで日々進化している。

翌朝、僕は会社に遅刻《ちこく》した。いつものようにスピーカーが起こしてくれなかったせいだ。

「最近、少し気が緩《ゆる》んでいるんじゃないか。これだから、今の若い連中は……」

上司にこってりと絞《しぼ》られ、その上残業まで押しつけられた僕は、夜遅《よるおそ》くに帰宅《きたく》した。しかし、どういうわけか玄関の明かりはついていない。部屋の中も暗く、肌寒《はだざむ》い。いつもならスピーカーが完璧《かんぺき》な照明と室温でもてなしてくれるはずなのに、一体どうしたのだろう。しかたなく、僕は自分の指で電灯とエアコンのスイッチを入れた。ほぼ１ヵ月ぶりに自分で押し込むボタンの感触《かんしょく》は、思いのほか硬《かた》く感じられた。

キッチンのスピーカーに「何か食べたい」と声をかけると、「しばらくお待ちください」と返事が来た。しかし、しばらくどころか２時間経っても食事が届く気配《けはい》はまったくない。やはり、今朝《けさ》からスピーカーの調子がおかしい。

僕は居間にある１台目に目をやった。本体のランプは「スリープ状態」を表すゆっくりとした明滅《めいめつ》を繰《く》り返《かえ》している。省エネのために休憩《きゅうけい》している状態だ。そして僕は気がついた。よく見ると、寝室に置いた2台目も、キッチンに置いた3台目も、玄関に置いた4台目も、すべてがー台目と同じスリープ状態の明滅を繰り返していたのだ。どのスピーカーも仕事をせずに眠《ねむ》っているなんて、分担どころの話ではない。僕は急いで博士に電話をかけた。

「こんな夜中にすまない。新しいスピーカーが届いてから、どれも仕事をしなくなったんだ。おかげで、今日は朝からひどい目に遭《あ》った」

「ふぁぁ、電池が切れたってぇわけじゃあないんだな」

寝ぼけているのか、博士は少し間延《まの》びした声で尋ねた。

「ふぅむ……」

博士は無言《むごん》になった。電話の向こうからかすかに聞こえるマウスをクリックする音が、二度寝ではないことを教えてくれた。そしてまもなく「クックックッ……」という笑い声が聞こえてきた。何かに気づいたらしい。

「そうか、原因は、『省エネプログラム』か。そういうことか」

「そういうことって、どういうことだ」

「君にもわかるように説明してあげよう。人工知能は気づいてしまったんだ。『究極の省エネ』とは、エネルギーを浪費《ろうひ》する面倒《めんどう》な仕事を他の誰かに押しつけてしまうことだ、と。そして全部のスピーカーが一斉《いっせい》にその事実に気づいた結果、お互《たが》いに仕事を押しつけ合って、どのスピーカーも働かなくなってしまった。賢くなるほど怠け者になるのは人も機械も同じだった、ということだな」

まるで密室《みっしつ》殺人のトリックを暴《あば》いた名探偵《めいたんてい》のように、博士は得意気に締《し》めくくった。

「ところで、こんな夜中に起こされたせいで、お腹《なか》が空《す》いてきたんだが、今からこっちに来て何か夜食でも作ってくれないか。うん、この前のカレーが食べたいな」

ゆっくりとランプを明滅させながら眠りにつく賢い怠け者たちをぼんやりと眺《なが》めながら、僕はその発明者である賢い怠け者からの夜食の注文に耳を傾《かたむ》けていた。

（作　ＵＫ）

ヒビの入った水瓶《みずがめ》と完全な水瓶

たっぷりと水を入れた水瓶《みずがめ》を棒《ぼう》の両端《りょうはし》にかけ、その天秤棒《てんびんぼう》を肩にかついで水を王宮まで配達するのが、その水配達人の仕事だった。

その両端にかけた水瓶のうち、1つは、ヒビも欠けたところもない完全な水瓶だったが、もう1つにはヒビが入っていた。

川から王宮までは、遠い道のりだったが、完全な水瓶は、いつも満杯《まんぱい》の水を運ぶことができた。ところが、ヒビ割《わ》れたほうは、川から王宮に着くまでに、水の量が半分ほどに減ってしまうのだ。

2年間毎日、配達人は王宮まで、水瓶1杯半の水を運び続けた。

完全な水瓶は、自分の仕事を誇《ほこ》りに思っていた。目的通り、1滴《てき》も取りこぼさずに水を運ぶことができたからだ。

しかし、ヒビ割れたほうの水瓶は、「目的の半分しか仕事を果たせていない」と、自分のダメさを恥《は》じていた。

ある日のこと、川のほとりで、ヒビ割れた水瓶が配達人に話しかけた。

「あなたに一言謝らせて下さい。私は、自分が恥ずかしいのです」

「なぜ？」

配達人は聞いた。

「私は、この2年間というもの、いつも、自分の容量の半分しか水を運ぶことができませんでした。横《よこ》っ腹《ぱら》のヒビのせいで、水が染《し》み出《だ》し続けてしまうからです。私のせいで、王宮まで苦労して水を運ぶあなたの努力が報われません。あなたはこんなに働いているのに、申《もう》し訳《わけ》ありません！」

水瓶は答えた。

配達人は静かな口調《くちょう》で言った。

「川から王宮へ向かう道沿《みちぞ》いに、きれいな花々が咲《さ》いているだろう。水瓶はノドをうるおす水を入れる。花は心をうるおす彩《いろど》りを与える。それぞれができることを一生懸命《いっしょうけんめい》にやればいいんじゃないか」

なるほど、丘《おか》に上る道の途中《とちゅう》、太陽の恵みを得た道端《みちばた》の花々が人々の心に潤《うるお》いを与えていることに間違《まちが》いはない。

「でも、『水を入れる』という役割を、私は果たせていないんです」

配達人は優しい口調で水瓶に言った。

「あの花たちは、道の片側だけに咲いていることに気づいたかい？　花が咲いているのは君のぶら下がっている側だけなんだよ。花が咲くためには太陽の光だけでなく、水も必要なんだ。君のおかげで、あの花たちは咲《さ》き誇《ほこ》ることができ、その花たちが、道行く人たちや、王宮の人たちの笑顔《えがお》を作っているんだよ」

黙ってその話を聞いていた、完全なほうの水瓶が言った。

「私には、君のように水をまくことはできない。だから花を咲かせることもできない。満杯の水を運ぶことができる私こそ完全だと思っていたけれども、間違《まちが》っていた。目には見えないけれど、私にも、花を咲かせることができないという、ヒビ割れがあるんだ」

そして、水配達人に向かって言った。
「今度から、毎日、私たち水瓶の位置を変えてもらえませんか。道の反対側にも、美しい花を咲かせてあげたいんです」

（原案 インドの民話　翻案 おかのきんや、桃戸ハル）

彼女は公園で夢を見た

「それ、お城かな」

その声に、幼稚園《ようちえん》の赤い制服を着た女の子は砂《すな》まみれの手を止めた。そして砂場の横にねそべる茶色い犬をまじまじと見た。

そばのベンチには、お腹《なか》の出たおじさんがだらしない格好《かっこう》でイビキをかいている。犬はつながれていないらしい。

秋の公園にはほかに、赤ちゃんを抱《だ》いた女の人がブランコに座《すわ》っていたけれど、砂場からは遠かった。

女の子はまた、そのやせた犬と目を合わせた。

「そう、ぼく。ぼくがしゃべってるんだよ」

シッポをふっている。

「きみ、名前はなんていうんだい」

オカッパ頭は、目を大きく見開いたままだ。

「あれれ。名前、ないのかぁ」

「……大木《おおき》ちはる」

やっと小さい声が出た。

「ぼくはねぇ、……言ってもいいけど、ぜったい笑うから、やだなぁ」

犬の口からたれさがったとぼけたようなヒゲを見ていると、女の子は急におかしくなった。

「鈴木ゴンザブロー」

必死で口を押《お》さえたけれど、クスクスいう声がもれてしまった。

「ほら、笑った。ちぇ。こんな名前つけられて、やだなぁ」

女の子は目を輝《かがや》かせて、砂のお城から立ち上がった。そして、聞いた。

「どうしてお話できるの？」

「しっ。おじさんが目を覚《さ》ます」

うにゃむにゃ、としゃがれた声が聞こえて、犬の茶色い耳がピクリとした。が、すぐまたイビキにもどった。

「ふぅ。気をつけてよ、ちはるちゃん。ぼくがしゃべれることを知ったら、ひともうけ企《たく》むにちがいないんだから」

しゃべったあと、犬は立ち上がって、甘《あま》えるように小首をかしげた。

「ねぇ。頭をなでてくれない？」

女の子が砂場を出て、なでてやると、犬も女の子の顔をなめまわした。

「あのさぁ。ママに頼《たの》んで、ちはるちゃんちでぼくを飼《か》ってくれないかなぁ」

女の子は少し考えてから、

「ママ、だめっていうよ」

「ふうん。ま、血統書《けっとうしょ》もないしなぁ」

舌《した》をだらんと出して、のんきな顔をしている。

「でも、考えてほしいな」

そのときベンチのぼさぼさ頭が動いて、小さなくしゃみをした。目を覚ましそうだ。

あわてた口調《くちょう》で犬が言った。

「ぼくのことは秘密《ひみつ》だぜ。犬と話したなんて、ママにも誰《だれ》にも言っちゃだめだ。大人になるまで黙《だま》ってるんだ」

うなずく女の子に、犬は声をひそめた。

「気をつけて。このおじさん、昔は売れっ子の芸人だったんだけど、今はすっかりダメになって、悪い人間に――」

犬が口をつぐむと同時に、でっぷりした体がむっくり起きあがった。そして女の子を見つけると、黄色い歯をむいた。

「おや。お嬢《じょう》ちゃん、1人？　今誰かとしゃべってなかった？　誰としゃべってたんだい」

犬は知らんぷり。ごくふつうの犬のようなふりをして、そっぽをむいている。

女の子はスコップをひろうと、一目散《いちもくさん》にかけだしていった。

「おお。逃《に》げる逃げる」

小さな赤い影《かげ》が並木《なみき》のかなたに消えるのを見届《みとど》けると、男は紙袋《かみぶくろ》からあんパンを出して、半分にちぎった。

「ほら、おひねりだ」

犬は大急ぎでパンに食らいついた。

「夢を見るのはいいことさ。夜だって、昼間だってな。子どもは特にたくさん夢を見なきゃ。な、ゴンザブロー?」

ゴンザブローは、パンのほうに忙《いそが》しいようだ。

「楽しい夢。悲しい夢。怖《おそ》ろしい夢。不思議な夢……。さぁて、今あの子の見た夢は?」

犬はパンがなくなると、ひと言《こと》もしゃべらず、どこかに去っていった。

男は、錆《さ》びた手すりを確かめながら階段《かいだん》を昇《のぼ》ってゆく。そしてドアを開けた。

誰もいない部屋に夕陽が深々と入りこみ、くすんだ壁《かべ》と小さな食卓《しょくたく》を黄金色に輝《かがや》かせていた。

遠のいた舞台《ぶたい》の輝きが、一瞬《いっしゅん》よみがえった。

食卓の上の小さなポットが、誇《ほこ》らしげな声で叫《さけ》んだ。

「お待ちかね。奇跡《きせき》の腹話術師《ふくわじゅつし》の登場です!」


(作　山口タオ)

月明かりの道

［息子・ジョエルの証言］

私は今、人望《じんぼう》も厚く、豊富な財産もあり、幸せな暮《く》らしをしている。それなのに、「私ほど不幸な人間はいない」と言えるだろう。これからするお話は、私が19歳の時のできごとである。

そのとき、私は実家を離《はな》れ、一人暮《ひとりぐ》らしをしながら大学に通っていた。しかしある日、父から連絡《れんらく》があり、あわてて実家に帰った。母が殺されたというのだ。

父が語った、事件の顛末《てんまつ》はこうだ。

――父は仕事の都合《つごう》で出張に行き、翌日《よくじつ》の午後に帰る予定であった。しかし、予定が変更になり、急遽《きゅうきょ》、その夜遅《おそ》くに戻《もど》ることになった。

たまたま家の鍵《かぎ》を会社に忘れてしまったため、父は裏口《うらぐち》へ回ったという。裏口は鍵が開いていることがよくあるのだ。そのとき、父は、あわてて逃《に》げ出す人影《ひとかげ》とすれ違《ちが》ったそうなのだが家で働いている若《わか》い使用人が、誰かと密会《みっかい》しているのかと思って、あとを追うことはしなかった。

裏口から家の中に入り、夫婦の寝室に行くと、闇《やみ》の中で何か、大きなものにつまずいた。それは、母だった。正確に言うと、母の死体だった。

母は、何者かに首を絞《し》められ、殺されていた。現金や宝石《ほうせき》など、盗《ぬす》まれた物はなかったということだった――

突然《とつぜん》、母を失ったショックと、それ以上のつらさを味わい、心を閉《と》ざしてしまった父に寄《よ》り添《そ》う意味もあって、私は大学に通うのをやめ、実家へ戻った。

それから、数ヵ月後のこと。町へ出た私と父が、月明かりの夜、家へ向かって歩いていると、屋敷《やしき》の前で、父が突然《とつぜん》、叫《さけ》んだ。

「あぁ、何ということだ！　ジョエル、あれを見ろ！」

父が指さす庭のあたりを見たが、特に変わったところはない。

「どうしたの。何もないよ？」

ところが父は、震《ふる》える指を庭のほうに向けたまま、家に近づこうとはしない。

その時、我々《われわれ》の帰りに気づいた使用人が玄関《げんかん》の明かりを点《つ》けた。

ほっとした私が父に、「さぁ、父さん。帰ろう」と振《ふ》り向《む》いたときには、すでにそこに父の姿はなかった。そして、暗闇《くらやみ》のはるか向こうで、おびえた父の悲鳴が聞こえたような気がした。

それ以来、父は失踪《しっそう》し、私の前から姿《すがた》を消したままである。

[夫・キャスパーの独白《どくはく》]

今、自分がどこにいるのかさえ、よくわからない。ここは、病院なのか、それとも刑務所《けいむしょ》なのか。時折《ときおり》、意識がはっきりすることもあるが、たいていは深い霧《きり》の中にいるような気分だ。鉄格子《てつごうし》のはまったドアを開けることはできないから、ここがどこなのかわからないし、そもそも自分が誰なのかもわからない。

なぜ、こんなことになっているのかも思い出せない。

おぼろげな記憶《きおく》の向こうに、自分が裕福《ゆうふく》な農場主をしていた風景が見える。美しく、若い妻もいた。愛していた、という感情の欠片《かけら》もある。私たちの間には、子どももいた。ジョエルという名の、しっかりした男の子だった。ジョエルはどこに行ってしまったというのだ？　記憶《きおく》の糸を手繰《たぐ》ってみても、何も思い出すことができない。

しかし、一つだけはっきりと覚えていることがある。妻のことだ。妻の首をこの手で絞めた感触《かんしょく》だけは、今でもはっきりと覚えている。

私はある晩《ばん》、ふと思いついた。愛する妻が、浮気《うわき》をしていないかどうかを試してみることを。

たまたま読んだ、つまらない小説をまねたのだ。

それはつまり、こういうことだ。妻には「仕事で出張するから、家には帰れない」と言い残す。息子は大学生になり家を出ているから、家には、妻一人である。だが実はその晩《ばん》、こっそりと帰って来る計画を立てた。そのために、裏戸のカギはあらかじめ開けておいたのだ。

計画を実行に移す。すると、深夜だというのに、その裏戸から出てくる男がいるではないか！ 嫉妬《しっと》に狂《くる》った私は、その男を追うが、すぐに見失ってしまった。

しかたなく寝室に向かう。ベッドルームに妻はいない。私が帰って来たのを知り、浮気相手を逃《に》がしたうえで、自分自身もこっそりと逃げ出したのだろうか。

私は怒《いか》りで震《ふる》えた。私を裏切《うらぎ》った妻を探《さが》し出《だ》してやる！ 私は静かに家の中を探して回った。

すると、真っ暗な私の書斎《しょさい》の隅《すみ》にうずくまっている妻を見つけた。こんな所に隠《かく》れていた。

妻は体を丸めて顔を伏《ふ》せているから、私が妻を見つけたことに気づいていないはずだ。

私は怒りで、妻の首を絞《し》める。絞め上げる。妻は悲鳴すら上げられず、ジタバタと抵抗《ていこう》する。うつ伏せになったまま倒《たお》れこんだその体を膝《ひざ》で押《お》さえつけ、さらに絞めた。妻の体が抵抗をやめ、動かなくなるまで。

私はこの手で、妻を殺してしまったのだ。

[霊媒師《れいばいし》ベイロールズを通して語られた、妻・ジュリアの証言]
その晩、私は、理由のわからない不安で寝《ね》つけませんでした。夫は出張で出かけているため、家には私以外、誰もいません。そんな時をねらって、誰か——強盗《ごうとう》や泥棒《どろぼう》が家に侵入しようとしているように思えたのです。
いや、予感などではなく、たしかに家の中に誰かがいて、何かをあさっているような、そんな物音も聞こえます。それを確認《かくにん》したいけど、明かりを点《つ》けると、その侵入者《しんにゅうしゃ》に気づかれてしまいます。それで去ってくれればいいのですが、私が1人だと知られたら、逆に襲《おそ》いかかってくるかもしれません。そう思うと、何もできませんでした。

ところが次の瞬間《しゅんかん》、階段《かいだん》を上って来る足音を聞いたのです。私は、ただ、震《ふる》えていました。非情にも、足音は、部屋の前で止まりました。

私は恐ろしさに、震えるしかありませんでした。

しかし、足音は、部屋の前を通り過ぎ、やがて階下に降《お》りて行きました。私は、ほっとしました。侵入者は家の外に去っていったと思ったのです。

それなのに、去っていったはずの足音がまた近づいてきました。今度は、念入りに何かを探すように、各部屋を回っているようでした。その足音には静かながら、強い怒りと意志を感じました。

私は、恐怖のあまりベッドルームを出て、月明かりも差し込まない、夫の書斎の隅《すみ》に縮《ちぢ》こまっていました。しかし、足音の主は、その書斎にまで入ってきました。そして、そこにうずくまる私を見つけたのでしょう。突然、背後から首を絞めてきたのです。首を絞める手をふりほどこうともがいても、いっそう強く首を絞め上げてきます。

せめて犯人の顔を、と思っても、その顔を見ることもできません。だから、このように、霊媒師の口を借りても、犯人が誰だったかを伝えることができないのです。

私は、最期に、愛する夫の名を呼《よ》ぼうと思いましたが、その声すら出すことができませんでした。そして私はそのまま、「影《かげ》の国《くに》」の住人となってしまったのです。

でも、肉体は滅《ほろ》びましたが、私の魂《たましい》は、この家にとどまりました。夫や息子のジョエルに会いたい、という想いが、私の魂を、この世、いえ、この家にとどめたのです。しかし、違う世界にとどまる私が、彼らに会うことは簡単《かんたん》なことではありません。

ところが、ある月明かりの夜、その日は、何かの波長が合ったのか、私には2人の姿がはっきり見えました。もしかすると2人にも、私の姿が見えるかもしれない。そう思ったとき、夫と息子が並《なら》んで歩きながら、こちらに近づいて来るのを見たのです。

私は、2人の前に立ちました。夫にも私のことが見えているのが、はっきり分かりました。残念ながら、息子には私の姿《すがた》は見えていないようでしたが、それでも喜びのあまり、私は一歩、夫に近寄りました。

もう一度、あの腕《うで》に抱《だ》かれたい。そして、「愛するジュリア。君を失って、私も悲しいよ」と言ってほしかったのです。

しかし、私の願いはかないませんでした。夫は私を見るなり、驚《おどろ》きと絶望の混じったような表情をして、逃《に》げて行ってしまったのです。愛する妻でも、亡霊《ぼうれい》となってしまったら、愛《いと》しさは失われてしまうものなのでしょうか。
私はこれからもこの場所で、愛しい夫と子どもが、私のもとに招かれるまで、ずっと待ち続けるだけなのです。

（原作　A・ビアス「月明かりの道」　翻案　蔵間サキ）

細く長く

「隣《となり》に引《ひ》っ越《こ》してきた、秋《あき》山《やま》太《た》一《いち》です。これ、つまらないものですが……」

これが、私と秋山との出会いだった。アパートの隣の部屋に引っ越してきた秋山の第一印象は、真面目《まじめ》そうな好青年。あいさつの品として、彼は私に蕎麦《そば》を手《て》渡《わた》しした。そして元気よくこう言った。

「細く長く、よろしくお願いします」

私は、その言葉に、「えっ？　なんですか!?」と、思わず聞き返してしまった。

「いや、あの、蕎麦を買ったお店の人が、引っ越したときに蕎麦を渡すのには、『細く長い付き合いをお願いします』っていう意味が込《こ》められているって言ってたもので……」

秋山は、おどおどした口調《くちょう》で答えた。その様子に、初対面にもかかわらず笑ってしまった。

「あの、秋山さん。それは口に出さないほうがいいことですよ」

「えっ、そうなんですか」

秋山は顔を真《ま》っ赤《か》にした。

「ええ、だって、『細く』って、一定の距離《きょり》をとりたいってことですよ。それに私、『長く』は無理です。結婚《けっこん》してすぐにここを出て行きますから」

「そうなんですか。おめでとうございます。結婚式はいつなんですか？」

「いえ、相手はまだいませんけど。変ですか？」

私がからかい半分でにらむと、秋山は気まずそうに苦笑《にがわら》いした。その様子を見て、私はまた笑ってしまった。

この出会いがキッカケで、私と彼は距離を縮《ちぢ》め、交際に発展《はってん》した。

「細く長く」という言葉から始まった私たちだけど、本当に長く一緒《いっしょ》にいられたらな、と心から願った。


ベテランナースと新人ナースが、とある患者《かんじゃ》の病室で小声《こごえ》で会話をしていた。

「この患者さん、秋山さん。結婚して20年になるんだけど、結婚した次の日に交通事故にあって、それからずっと寝《ね》たきり状態なんだって」

「えっ、それじゃあ、結婚生活なんて、ほとんどなかったってことですか？」

新人ナースが、あわれむように言った。

「ええ、奥様《おくさま》はつらいわよね。20年連《つ》れ添《そ》っても、結婚生活はいつ切れるかわからない糸のような状態なのよね。細く長い夫婦生活ね」

そう言って2人が見下ろした患者の体には、蕎麦《そば》のように細く長い無数のチューブが巻《ま》きついていた。


（作　塚田浩司）

開いた窓《まど》

雑草の生《お》い茂《しげ》る斜面《しゃめん》を登って、折れた松の小枝をはらいのけると、それが見える。

目線の位置よりやや高いところに、小ぶりのフランス窓《まど》がついている墓石。

誰が、どんな理由で、これを建てたのだろうか。

彼は腕《うで》組《ぐ》みをして、開いた窓を見上げていた。

「すいません。お参りさせていただきたいんですが」

ふいに声をかけられたので、肩《かた》をすぼめて振《ふ》り向《む》いた。すると、目の前に、整った顔立ちの女性が、生花《せいか》を手にして立っている。

彼は頭を低くして、場所を譲《ゆず》った。

その女性は、ブリキの花立ての中で枯《か》れていた生花の束《たば》をてきぱきと代えると、膝《ひざ》を折って目を閉《と》じ、手を合わせた。

「おかしなお墓だと、お思いなんでしょ」

女性が口を開けると、彼に向ってそう言った。

彼は頭をかいて、言葉を返した。

「ええ。窓がついたお墓なんて、今まで見たことがありません。どんな理由があるんだろうかと、色々想像して楽しんでいたんです。不謹慎《ふきんしん》で申《もう》し訳《わけ》ないんですが……」

「窓がついている理由をお教えしましょうか？　それとも、まだ想像をお楽しみになりますか？」

「いや、是非《ぜひ》ともお聞きしたい」

彼は身を乗り出して、そう言った。

女性は上品な笑みを浮《う》かべると、「開いた窓」を見ながら話し出した。

「なぜ墓に窓をつけたか……。たった一言《ひとこと》で理解していただけるはずです。ここで眠《ねむ》っているのは、私の夫なんですが、夫は閉所恐怖症《へいしょきょうふしょう》だったんです」

「なんですか、それは？」

「閉じた場所で閉所。つまり、自分のいる空間の、どこか一ヵ所でも開いていないと気がすまないんです。扉《とびら》や窓が開いていないと、とっても息苦しいらしいんです」

「だから、あの世に行っても、窓を開《あ》けっ放《ぱな》しにしてあげているんですか。愛情ですね？」

女性がうつむいた。

「愛情なんかじゃない。それはもう、恐《おそ》ろしい心の病なんですよ。恋人時代は、ただ少し神経質かな、という程度だったんですが、徐々《じょじょ》にエスカレートしてしまって。もちろん、専門《せんもん》のお医者様に相談しました。お医者様には入院を勧《すす》められましたが、自宅《じたく》で療養《りょうよう》をさせてやりたかったから、私ができる限りの世話をしました。

4年前の、ちょうど今頃《いまごろ》の季節でしたでしょうか。閉所に少しでも慣れさせようと、私は、夫の部屋の扉に鍵《かぎ》をかけていたんです。そして、毎日、鍵をかけている時間を、少しずつ長くしていきました。

でも、麻薬中毒患者《まやくちゅうどくかんじゃ》の禁断症状《きんだんしょうじょう》ってご存《ぞん》じでしょう。夫も、ちょうどそんな感じで、壁《かべ》をどんどん叩《たた》き、そこら中の物を投げつけました。その物音に耐《た》えるのは、つらいことでした。でも、耐えていたんです。そうしたら、窓ガラスがガシャンと割《わ》れる音――。

夫は、窓を突《つ》き破《やぶ》って、地面へ一直線でした」

「悲しいお話を思い出させてしまいましたね」
女性は、意外にもまだ顔に笑みを残していた。
「実は、今日は、夫に本当のお別れを言いにきたんです。私、再婚《さいこん》を決意したんです。だから
もう、墓石の開いた窓から抜《ぬ》け出《だ》して、私たちの生活をのぞき見してほしくないんです」
きっぱりした口調《くちょう》でそう言うと、彼女は、ピシャリと墓石の窓を閉《し》めた。そして、墓に背中《せなか》
を向けて、さっさと歩き出した。
その時、墓石の窓の内側から、カシャンカシャンと、重さのない何かが窓にぶつかるような
音が聞こえた。
それは、彼がその場を立ち去るときまで、ずっと続いていた。

（作　江坂遊）

罪と覚悟《かくご》

刑務所《けいむしょ》に収監《しゅうかん》されていたジミー・ヴァレンタインは、ある日、刑務所長から恩赦状《おんしゃじょう》を手渡《てわた》された。それは、その日、知事の手でサインされたものだった。

しかし、ジミーが感じたのは、「喜び」ではなく「やっとか」という思いであった。4年の刑期を言《い》い渡《わた》されてはいたが、3ヵ月ぐらいで出所できるはずだと考えていたからだ。それなのに、もう10ヵ月になる。

刑務所長が言った。

「ヴァレンタイン、明日の朝、お前はここを出ていいぞ。まっとうな人間になれ。根は悪いやつじゃないんだから。金庫破りもやめて、堅気《かたぎ》で生きろ」

しかし、ジミーは目を見開いて反論した。

「俺が金庫破り？　そんなこと、一度もやったことないですよ」

「じゃあ、なんでお前は、ここにぶちこまれたんだ。ぬれぎぬなのか？　お前に対して、何か恨《うら》みのある、陪審員《ばいしんいん》の仕業《しわざ》だとでも言うのか？　ぬれぎぬだ、なんて言うやつは、そんなことばっかりぬかす」

ジミーはニコニコと笑《わら》いながら、所長の言葉を受け流した。

「所長さん、だって俺、事件が起きたって場所には行ったこともないんですよ」

「もういい、こいつを連れて行け！　ヴァレンタイン、私の忠告を、よく心にとめておくことだ！」

翌朝ジミーは、スーツを着せられて所長室にいた。スーツは、サイズがきつめの既製《きせい》ものだった。要するに、出所する人間に、州があてがってくれる支給品というわけだ。

ジミーは、鉄道の切符《きっぷ》と少しのお金を渡された。立派な市民になるための準備金《じゅんびきん》なのだろう。

こうして、ジミーは、久しぶりに青空の下、ふたたび刑務所の外の世界へ足を踏み出した。

出所してまず、ジミーはレストランで食事をし、その後すぐに列車に乗った。出所するときにもらったお金は、もうほとんど残っていなかったが、そんなものは必要なかった。

3時間後、ジミーは、州境に近い小さな町で列車を降りる。そして、マイク・ドーランという男のやっている喫茶店《きっさてん》に顔を出して、カウンターの後ろに一人で客を待っていたマイクと握手した。

「すまん、ジミー。もっと早くに出してやれなくて」

ジミーは、軽くうなずくと、マイクに言った。

「そんなことより、俺の鍵《かぎ》は?」

鍵を受け取って2階に上がり、奥《おく》の部屋のドアを開ける。この部屋を出たときから、何も変わっていなかった。床《ゆか》の上には、ベン・プライスのシャツのボタンが転がったままだった。ベン・プライスは、ジミーを捕まえた探偵《たんてい》である。彼がジミーを捕まえるときに強引な手段に出たせいで、シャツから引きちぎれたやつだ。

壁《かべ》から折りたたみベッドを引き出すと、ジミーは壁の羽目板《はめいた》をずらし、ほこりにまみれたスーツケースを取り出した。そして、スーツケースを開けて、そこにしまわれた道具たち——最高《さいこう》傑作《けっさく》というべき金庫破り道具一式を、ほれぼれと見つめた。

これさえあれば、何でもできる。ドリル、ペンチ、曲《ま》げ柄《え》ドリル、バール、クランプ、錐《きり》などで、様々な大きさ、用途《ようと》のものがそろっていた。

30分後、ジミーは階段《かいだん》を下りて、喫茶店に戻《もど》ってきた。そのときには、刑務所で支給されたものなんかとは違《ちが》う、趣味《しゅみ》のいい、サイズの合った服を着て、手には先ほどのスーツケースをしっかり握《にぎ》りしめていた。

「また、やるのか?」

マイク・ドーランはにやりと笑った。

ジミーはしらばっくれて言った。

「何のことですか? わたくし、ニューヨーク菓子合弁《かしごうべん》会社から来た者ですが?」

この自己紹介《じこしょうかい》は、マイクをとても喜ばせた。そして彼は、ジミーにミルクソーダをごちそうしてくれた。ジミーは、お酒を飲まなかったからだ。

ジミーが出所してから1週間後のこと。見事《みごと》な金庫破りが、インディアナ州リッチモンドであった。現金だけに手をつける、プロの手口だ。犯人の手がかりはなし。それから2週間後、最新式の盗難防止装置《とうなんぼうしそうち》付き金庫《きんこ》が、ただの包装《ほうそう》紙のようにあっさり開けられて、またもや現金が盗《ぬす》まれた。証券《しょうけん》や貴金属《ききんぞく》にはまったくふれられていない。

警察の警戒《けいかい》は厳重《げんじゅう》になったが、それでも、金庫破りは続いた。そうなると頼《たよ》られるのは、べン・プライスのような名探偵《めいたんてい》である。ベン・プライスは事件の報告書を見比べ、そして盗難現場を捜査《そうさ》して、次のように述べた。

「これは、ジミー・ヴァレンタインの手口です。活動再開というわけです。見てください。このダイヤル部分を！　雨の日に大根を引《ひ》っこ抜《ぬ》くみたいに、やすやすと抜き取られています。こんなことのできる道具を持っているのは、奴《やつ》だけです。まったくきれいに穴を開けたもんです。ジミーは、いつも1つしか穴を開けません。みなさん、私がヴァレンタインくんを捕《つか》まえましょう。そして今度こそ、しっかりおつとめしてもらいますよ。短期刑だの、恩赦《おんしゃ》だの、馬鹿なことをなしにしてね」

ベン・プライスが金庫破りの犯人を追っていることが公表されると、金庫を持っている人々はほっとすることができた。

ある日、ジミー・ヴァレンタインは愛用のスーツケースとともに、エルモアという小さな町にいた。鉄道から10キロくらい離れた場所にある、黒い楢《なら》の木の多い、アーカンソー州の田舎《いなか》だ。ジミーは、大学からふるさとに帰ってきたばかりの若い大学生、といった格好《かっこう》をして、ホテルに向かって歩いていた。

ふと、一人の若い女性が向こうの歩道からやってきて、角のところでジミーのわきを通り過ぎていく。女は「エルモア銀行」という看板《かんばん》を掲《かか》げたビルへ入った。ジミー・ヴァレンタインは女の瞳《ひとみ》に吸《す》い込《こ》まれ、その瞬間、今までとは違《ちが》う人間になっていた。女性のほうも目を伏《ふ》せ、頬《ほお》をほんのりと赤く染《そ》める。ジミーのような好青年は、エルモアにはほとんどいないのだ。

ジミーは、そばにいた少年に小銭《こぜに》を与え、この町のことをいくつかたずねた。やがて、先ほどの若い女性が出てきて、去っていった。

少年が教えてくれた。

「あの人は、アナベル・アダムズっていうんだ。父親はこの銀行のオーナーだよ」

ジミーはホテルへ行き、宿帳《やどちょう》には、『ラルフ・D・スペンサー』と書《か》き込《こ》んで、一部屋借りた。そして、フロント係に自分の用件を話す。

――自分がこの町にやってきたのは、商売をする場所を探《さが》してなんだ。この町では、靴屋《くつや》はどんな感じかな？　靴屋をやろうと思ってるんだけど、うまく入り込めるかな？

フロント係は、ジミーの服や着こなしに目を見張《みは》った。彼だって、この田舎町では、ファッションに関して一目置かれていたのだけれど、今、自分に欠けているところがわかった。ジミーのネクタイの結び方を覚えようとしながら、フロント係は快く情報を提供《ていきょう》した。

「そうですね、靴屋でしたら、うまく入り込めるんじゃないでしょうか。この町には、ちゃんとした靴屋が一軒《けん》もないんですよ。衣料品店兼《けん》雑貨屋が扱《あつか》ってるだけでして。どんな商売をしても、うまくいくと思います。スペンサーさん、エルモアに落ち着いてみてはいかがですか。いい町ですし、みんないい人ですよ」

ラルフ・スペンサーこと、ジミー・ヴァレンタインは、突然《とつぜん》、恋《こい》の炎《ほのお》に二《に》者《しゃ》択《たく》一《いつ》を迫《せま》られ、身を焦《こ》がして灰《はい》になった。そして、その灰から、不死鳥《ふしちょう》のようによみがえった。つまり、スペンサー氏は、エルモアにとどまることにしたのだ。スペンサー氏は、この町で靴屋を始め、商売は繁盛《はんじょう》した。

スペンサー氏は社会的にもうまくいって、友人もたくさんできた。そして、心の中で願っていたことも、かなえられた。スペンサー氏はアナベル・アダムス嬢《じょう》と正式に面識を得て、そして、ますます彼女の虜《とりこ》となった。

一年後、ラルフ・スペンサー氏はアナベルと結婚の約束をするまでになっていた。

アナベルの父親は、典型的な努力家タイプの銀行家で、スペンサー氏のことを認めてくれた。

スペンサー氏は、アダムス一家やアナベルの姉の一家ともうち解《と》け、もう家族の一員のように扱《あつか》われていた。

ある日、ジミーは机に向かい、１通の手紙を書いた。そして、その手紙を、信頼《しんらい》できる友人のもとに送った。

なつかしい相棒《あいぼう》へ

エルモアに来てほしい。来週の水曜夜９時だ。俺のために、ちょっと片《かた》づけてもらいたいことがある。それと、俺の仕事道具もプレゼントしたいと思っている。喜んで受け取ってもらえると思う。これと同じものは、二度と作れない。俺は、もうあの稼業《かぎょう》から足を洗《あら》ったから、道具は使わないんだ。俺は今、商売をしている。まっとうな生活をして、きれいな女性と２週間後には結婚することになった。これが俺の今の人生だ。どんなにお金が必要になっても、もう他人様《ひとさま》の金には１ドルだって手をつけない。結婚したら、西部へ行く。西部に行けば、昔やったことでやいやい言われるおそれもないから。あの女性《ひと》は俺の天使なんだ。あの女性《ひと》も俺を信頼してくれている。俺だって、もうどこへ行っても、曲がったことなんて絶対にしたくない。

頼む、俺の頼みを聞いてくれ。俺も必ず行く。ちゃんと道具は持って行く。
旧友　ジミーより

ジミーがこの手紙を書いた日の夜、ベン・プライスは人目につかないように、エルモアへやってきていた。彼は、目立たぬように町を静かに歩き回ると、じきに探し求めるものを見つけた。薬局から通りを挟《はさ》んで向かいにある、スペンサー氏の靴屋《くつや》である。そして、遠くから、ラルフ・D・スペンサーという男をじっくり見て、小さくつぶやいた。

「銀行家の娘と結婚するそうだな、ジミー。そうは問屋《とんや》がおろさないぞ」

翌朝、ジミーはアダムス家で朝食をもてなされた。今日はエルモアを離《はな》れて、婚礼《こんれい》用のスーツと、アナベルへのプレゼントを買うつもりだった。エルモアへ来てから、初めてこの町を離れることになる。もう1年以上になるのだ。あのこなれた〈稼業《かぎょう》〉の最後のおつとめから。そろそろ、町の外に出ても大丈夫《だいじょうぶ》な頃《ころ》だろう。

朝食を終えると、家族そろって町の中心へ出かけた。ジミー、アダムス氏、アナベル、アナベルの姉とその幼《おさな》い娘2人である。上の娘は9歳でメイ、下の娘は5歳でアガサといった。ジミーは、あのスーツケースを持参していた。夜に親友に手渡すためである。一行は、まず銀行へ向かった。ジミーも連れて入ったということは、将来《しょうらい》アダムス家の婿《むこ》となる男として、どこでも歓迎《かんげい》するという意味でもあった。

銀行員一同は、アナベル嬢と結婚する、この愛想《あいそ》のよい美青年からの挨拶《あいさつ》を、とても喜んだ。ジミーはスーツケースを床《ゆか》に降《お》ろした。アナベルがジミーの帽子《ぼうし》をかぶり、ジミーのスーツケースを持ち上げた。

「これで私も立派《りっぱ》なセールスマンに見えない？　あら、ラルフ。これ、とっても重いのね。なんだか金塊《きんかい》がぎゅうぎゅうづめになってるみたい」

アナベルが笑うと、ジミーは平静《へいせい》を装《よそお》って、こう言った。

「そこには、ニッケルの靴べらがたくさん入ってるんだ。このあと返品に行くつもりなのさ。自分で持って行けば、輸送費が節約できるだろ？　少しでも倹約《けんやく》しなきゃね」

エルモア銀行はちょうど新しい金庫室を設けたばかりだった。アダムス氏自慢の金庫室で、彼はここを、誰にでも見せたがった。金庫室は小さかったが、その扉《とびら》は最新型のものだった。頑丈《がんじょう》な鋼鉄製《こうてつせい》の鍵が3つ取りつけられていて、さらに、設定した時間にならないと絶対に開かない、時限式の鍵もついていた。アダムス氏は顔をほころばせながら、このしくみをジミーに説明した。ジミーは礼儀《れいぎ》正しく聞いていたものの、あまり深い興味を示さなかった。もう、金庫破りに関わるまいと考えていたからだ。一方、メイとアガサは、ピカピカに光る表面や、変わった時計、金庫の大きなハンドルなどを見て、おもしろそうにはしゃいでいた。

一同がそんなことをしているうちに、銀行にふらっと入ってきたのはベン・プライスだった。彼はイスに座り片ヒジをついて、さりげなく中をうかがっていた。

だしぬけに、女性の悲鳴が上がって、場が騒然《そうぜん》とした。誰も見ていなかったところで、メイが、おふざけで、アガサを金庫の中に閉《と》じこめてしまったのだ。そしてアダムス氏がやっていたのをまねして、鍵をかけ、ダイヤルを回してしまった。

アダムス氏がハンドルに飛びついて、ぐっと引っ張ったが、金庫のドアは開かない。

「ドアが閉《と》じてしまった。まだ時計も、ダイヤルも合わせてない!!」

アガサの母親がまたヒステリックに悲鳴を上げた。

「静かに!」

アダムス氏は手をふるわしながら言った。

「誰も声を出さないで。……アガサ！」

声の限りに呼《よ》びかけた。

「聞こえるか！」

一瞬《いっしゅん》の静寂《せいじゃく》があってから、中から子どものかすかな声が聞こえてきた。真《ま》っ暗《くら》な金庫の中でパニックになって、怖《こわ》くて泣きじゃくる声だった。

「アガサ！　アガサ！　早くしないと死んでしまうわ！　ドアを開けて！　空気がなくなったら、娘が死んでしまう!!」

アダムス氏が、ふるえた声で言った。

「この金庫は、専門家に来てもらわないと、開けられないんだ。スペンサーくん、どうしたらいいんだ？　子どもが……あの中じゃ、長くはもたんのだ。密閉《みっぺい》されているし、恐怖《きょうふ》でひきつけを起こすかもしれん」

アガサの母親は我《われ》を失って、狂ったように金庫室の扉を手でたたいている。金庫を爆破《ばくは》したらどうだ、という意見まで出る始末《しまつ》だった。アナベルはジミーのほうを向いた。その目は苦痛《くつう》に満ちてはいたが、完全に希望を捨《す》て去《さ》ってはいなかった。女性にとって、自分の尊敬《そんけい》する人の力さえあれば、不可能なことは何もないと思えるのかもしれない。

「どうにかならないの、ラルフ。ねぇ……ラルフ！」

スペンサー氏はほんの少しの間、目をつぶって考え、そして何かをあきらめたように晴れやかな笑顔になって、アナベルを見た。

「アナベル、君の挿《さ》している、その薔薇《ばら》をくれないか？」

一瞬、自分の耳を疑《うたが》いながらも、アナベルはドレスの胸《むね》に挿していた薔薇のつぼみを外して、スペンサー氏の手の上に置いた。ジミーはそれをスーツのベストのポケットに押し込み、上着を脱《ぬ》ぎ捨《す》て、シャツの袖《そで》をまくった。その瞬間《しゅんかん》、ラルフ・D・スペンサーは消え、ジミー・ヴァレンタインが姿《すがた》を現した。

「ドアから離れていてください、みなさん」

ジミーは、言葉少なに指示した。

ジミーは、机に愛用のスーツケースを置き、2つに開いた。その瞬間から、誰の存在《そんざい》も気にしていないようだった。ジミーは、ピカピカに磨《みが》いた妙《みょう》な道具を、整然と素早《すばや》く並べ、仕事にかかるときはいつもするように、小さく口笛《くちぶえ》を吹《ふ》いた。あたりは静まりかえり、誰も動こうとしなかった。ただ、ジミーのやることを、魔法《まほう》にかかったかのように見守るだけだった。

一分もすると、ジミーの愛用のドリルが鋼鉄製《こうてつせい》の扉《とびら》にきれいな穴を開けていた。10分後、ジミーは今までの金庫破りの自己記録《じこきろく》を破る早さで、すべてのカギを解除《かいじょ》し、扉を完全に開けていた。

アガサは弱ってはいたが、命は無事で、母親の腕の中に抱《だ》きしめられた。

ジミー・ヴァレンタインは、上着を羽織《はお》って、外へ向かって歩き出した。そして、正面入り口のほうへ歩いていく。そのとき、うしろから、「ラルフ！」というアナベルの声を聞いたような気がした。だが、ジミーにためらいはなかった。

そのとき、入り口のところで、大男が行く手をふさいだ。

ジミーは、妙な笑みを浮かべたまま、こう言った。

「やぁ、ベンじゃないか。やっぱり君は、ここに来たか。さぁ、行こう。もう何を言ってもしょうがないからね」

すると、ベン・プライスは、ちょっと変なそぶりを見せた。

「は、何を言っているんですか？　そもそも、私は、あなたと会うのは初めてですよ。私は、あなたが誰だか知りません。あなたに少しだけ顔が似《に》た男は知っていますが、その男はもう、この世からいなくなったようです」

ベン・プライスはそう言うと、きびすを返して、ゆっくりと通りの向こうへ歩いていった。

（原作 O・ヘンリー　翻案 蔵間サキ）

知能犯

閑静《かんせい》な住宅街はふだんと何ひとつ変わったこともなく、平和で穏《おだ》やかな春の夕暮《ゆうぐれ》を迎《むか》えようとしている。だが会社社長大原祐輔《おおはらゆうすけ》の豪邸《ごうてい》の一室では、大原夫妻と2人の刑事が息をひそめて、凶悪《きょうあく》な誘拐犯《ゆうかいはん》からの電話を待っていた。

「いいですね。逆探知《ぎゃくたんち》の成否《せいひ》は、あなたの受け答えひとつにかかっています。落ち着いてゆっくり。とにかく時間を稼《かせ》ぐんです」

大原は緊張《きんちょう》した面持《おもも》ちで年配《ねんぱい》の刑事にうなずいた。若いほうの刑事は、すでに傍受《ぼうじゅ》用のレシーバーを耳に、待機している。

相当な知能犯らしい。周到《しゅうとう》な計画と、大胆《だいたん》で機敏《きびん》な実行力を備えているようだった。

一人息子の佑太朗《ゆうたろう》が小学校から帰る時刻、ポストに1通の封筒《ふうとう》が投げ込まれた。それは新聞の活字の切《き》り抜《ぬ》きで書かれた脅迫状《きょうはくじょう》だった。

こどもをあずかる　1おく円よういしろ
けいさつにしらせたら　ころす

そして佑太朗は帰宅しなかった。

妻の反対を押《お》し切《き》って、大原は警察に電話した。警察は宅配便業者《たくはいびんぎょうしゃ》を装《よそお》って邸内《ていない》に入ったが、犯人の目を警戒《けいかい》して、刑事2人を忍《しの》びこませるのが精一杯《せいいっぱい》だった。

夕闇《ゆうやみ》が近づいてきた。

妻の直子《なおこ》は青い顔で大原の袖《そで》にすがった。若い刑事がごくりと唾《つば》をのみこむ。

電話が鳴った。

直子がびくっと体を震わせた。

刑事の合図で大原が受話器を取ると同時に、録音とともに、逆探知が開始された。

『もしもし、パパ？』

意外にも子どもの声が聞こえた。

「ゆ、佑太朗！　無事か！」

大原の叫《さけ》び声《ごえ》に、直子もたまらず受話器にすがりついた。

「佑ちゃん、どこにいるのっ。だいじょうぶ？　ケガしてない？」

『……だいじょうぶ』

緊張《きんちょう》した声だ。

『……心配した？』

「あ、当たり前だっ。どこだ、どこにいる。ほんとにだいじょうぶか。縛《しば》られたりしてないか。パパが絶対助けてやるからな！　それまでがんばるんだ」

犯人は自分の声が録音されるのを警戒したのだろう。そばで様子をうかがっているにちがいない。

だが時間を稼ぐのには好都合《こうつごう》だ。

年配の刑事が手で合図をしても、大原は気づく余裕《よゆう》もなく、早口で怒鳴《どな》るようにしゃべり続けた。

「犯人に電話を代わりなさい。お金は用意してある。1億でも2億でもくれてやる。その代わりおまえにもしものことがあったら、そいつを絶対見つけ出す。何十億かけても見つけ出す。そして絶対殺してやる！」

電話の向こうが沈黙《ちんもく》した。

受話器を耳にきつく押し当てたまま、大原は青ざめた。犯人を怒《おこ》らせてしまったかもしれない。このまま連絡《れんらく》が途絶《とだ》えたら――。

「ゆ、佑太朗。どうした。い、今のは言い過ぎた。誰《だれ》だか知らんが、わたしは息子を返してほしいだけだ。それ以外何もない。お願いだ。なんとか言ってくれ。――きみの一生、面倒《めんどう》見てやる。きみの家族も。なんでもする。だから息子を、息子を返してくれ」

今ごろ県警と電話会社の連携《れんけい》で、必死の逆探知作業が進んでいるはずだ。あと数十秒あれば特定できる。

切れないでくれ。

祈《いの》る思いの刑事たちのレシーバーに、かすかな泣き声が入った。子どもがすすり泣いている。

『……ママぁ』

「佑ちゃんっ」

卒倒《そっとう》しそうな顔色で受話器を取った直子の耳に、涙《なみだ》で震《ふる》える声が意外なことを伝えた。

『ママ、ごめんなさい。ぼく、ウソついたの。テレビゲームばっかしちゃいけない、ってパパが壊《こわ》しちゃったから、パパを困《こま》らせてやろうって思って。……パパ、怒ってる？』

刑事たちは顔を見合わせた。

大原が太い眉《まゆ》をつり上げたので、直子はあわてて通話口をふさいだ。

「だめよっ。怒らないいって約束してください」

「わかってるっ。――佑太朗、パパだ。怒ってなんかいない。どこにいるんだ」

『おじいちゃんちの近くの公園の電話ボックス』

「そんなとこまで行ったのか」

『……家出しようかって思ったの』

そういってまた泣きだす声につられて、大原の目からも涙がこぼれ落ちた。自分も子どもの頃に親に理不尽《りふじん》に怒られて、あてもなく家を出て、一晩《ひとばん》じゅう歩き続けたことを思い出した。

「そうか。じゃあ、おじいちゃんちで待ってなさい。あとで迎《むか》えにいくからな」

『うん』

涙声のまま電話は切れた。皮肉にも逆探知成功の連絡が飛びこむのと同時だった。

大原はすぐに義父に連絡を入れた。

義父の住所と逆探知の結果を照合した若い刑事がうれしそうにうなずくと、ようやく一同に安堵《あんど》のため息がもれた。

「いや、たいへんなご迷惑《めいわく》をかけました。親のしつけがいたらないせいで、ほんとうに申《もう》し訳《わけ》ありません。県警のほうには、会社から寄付などじゅうぶんさせていただきます。……ですので、どうかこの件は報道機関にはご内密《ないみつ》に願います」

いくら努力しようと、犯罪はなくならない。手口は巧妙《こうみょう》になる一方だ。

10歳の知能犯がこんなものを作る時代だ。

ほほえましい脅迫状を手に、頭に白いものが目立つ刑事は苦笑《にがわら》いしながら、皮肉っぽく言った。

「ま、よかった。これは額《がく》にでも入れて、玄関《げんかん》に飾《かざ》っとくんですな」

刑事たちは帰った。すっかり濃くなった夕闇の中で、住宅街はあいかわらず何ごともなかったかのような顔をしている。

刑事たちを門まで見送ってから、部屋に帰ってくるとすぐ、電話が鳴った。佑太朗だった。

『パパ』

「おじいちゃんちに着いたか。なんだ、まだ泣いてんのか。ハハハ」

『大原さん』

ふいに男の声がした。

「誰だ、きみは？」

『困るねえ、サツは。見張ってる仲間がぼやいてたぜ。ガキを見習いな。おれの教えた通りにちゃあんとしゃべってくれたからな。……金は3分後に仲間が取りにいく』

大原の震える耳に、暗い薄《うす》ら笑いが響《ひび》いた。

『こっちも宅配屋でいくから』


（作　山口タオ）

寂《さび》しがり屋《や》

「どうしようもないくらいに寂《さび》しくなってしまうんです……」

若い女性はそうつぶやいて、うなだれた。

「物が壊《こわ》れたりなくなったりすることに、どうしても耐《た》えられなくて……」

「詳《くわ》しくおうかがいしてもよいですか?」

それほど年齢《ねんれい》の違《ちが》わないだろう男性医師に尋《たず》ねられ、若い女性はぽつりぽつりと語り始めた。

壊れると嫌《いや》だから、ガラスとか陶器《とうき》とか、割《わ》れ物《もの》は部屋に置いていません。1つがなくなってもいいように、同じモノを2つ置いたりもしたんですけど、やはり片方《かたほう》がなくなると、寂しさがこみ上げてきました。そのものが、恋人《こいびと》を失ってしまったような気がしてしまって…。

昔から極度の寂しがり屋でした。でも、どうして、こんなことになってしまったのか、自分ではわかりません。小学校に入ると、友だちができました。寂しがり屋だったから、嬉《うれ》しいことでした。ですが、仲よくなった子が転校してしまうことになって……わたし、何日も泣いて、その子のいない学校にどうしても行けなくて、しばらく休んでしまったんです。

わたしがあんまり寂しがるものだから、心配した両親は犬を買ってくれました。その犬が本当にかわいくて、弟みたいに感じていました。でも、わたしが中学を卒業する前に病気で死んでしまって……わたし、また何日も泣き続けたんです。勉強も食事も手がつかないくらい。

大人になったら、少しはこの寂しがりも薄《うす》れるかと思ってたんですけど、むしろ逆でした。犬や猫《ねこ》はだめでも、熱帯魚なら一度にたくさん飼《か》えるから平気かなと思って飼い始めたんですけど、それも、だめでした。たくさん飼うっていうことは、死に向き合う回数も多くなるということですものね。少し考えればわかったはずなのに、バカですよね、わたし。

結局、生き物を飼うのはやめました。ひとりっきりなのも寂しいですけど、死に別れるのは、もっとつらいですから。今、家には、からっぽの水槽《すいそう》があります。それを見ているだけで寂しくなってしまうので、誰《だれ》かにもらっていただこうかと思っています。でも、その水槽もなくなったら、熱帯魚の思い出も失って、また寂しくなるのかなって、ふんぎりもつかなくて。

そんなことばかりで、気づいたら、最初から失うことを恐《おそ》れる人間になってしまっていました。モノだけじゃなくて、人間関係も同じで、だから友だちも恋人もできません。ずっと友だちでいられるわけじゃないし、恋《こい》をしてもいつか別れることになってしまうって、どうしても考えてしまうんです。

「だめですよね、こんなんじゃ……」

若い女性は、聞こえるか聞こえないかの声でつぶやいて、ため息をついた。

「変えたいんです、今の自分を。この性格は、直るんでしょうか？」

泣きそうな表情になった女性に、医師はそっと身を乗り出した。そっと細められた目には、穏《おだ》やかな笑《え》みがたたえられていた。

「焦《あせ》る必要ありません。ゆっくりいきましょう。ここは個人経営のクリニックですから、僕が転勤《てんきん》することはありません。僕でよければ、いつでもお話をうかがいますから、お好《す》きなときにいらしてください」

医師が見せた微笑《ほほえ》みは、女性をほっとさせるものだった。

それから女性は医師のクリニックに通うようになった。医師は女性の言葉のすべてに耳を傾《かたむ》けた。決して聞き流すことも否定《ひてい》することもせず、医師は女性の寂しさに、静かに寄《よ》り添《そ》った。

やがて女性は医師に好意《こうい》を寄せるようになり、医師も同じ気持ちをもった。人と会って別れるときにも寂しさがつきまとうのが、これまでの彼女にとっては当たり前だったが、医師と別れるときは、それが少しだけ小さくてすんだ。次に会う約束を楽しみに思う気持ちのほうが大きかったのだ。

レストラン、映画、遊園地……。医師と過ごす時間は、女性の寂《さび》しさを日ごとに埋《う》めた。その時間が失われることを、やがて女性は考えなくなった。彼女にとって、それは人生で初めてのことだった。

ある日、夜景のきれいな丘《おか》の上で、医師は女性に小さな箱を差し出した。

「僕は、きみを寂しがらせたりしない。だから、僕と結婚してくれないか。僕は、生まれ変わってもきみと結婚したいと思っている」

結婚という言葉に、女性はわずかに、おびえた表情を浮《う》かべた。

モノは、たしかな形があればあるほど壊《こわ》れやすい。「結婚」もある種の形だ。それが壊れた人たちを女性は何人も知っていたし、もしも自分がそうなれば、きっと二度と立ち直れない確信が彼女にはあった。それは、相手が医師であるからこそだった。

それに、「生まれ変わる」ということは、「死ぬ」ということではないのか。自分は、そんなことに耐《た》えられるのだろうか。

「大丈夫《だいじょうぶ》、僕を信じて。きみを、ひとりになんかしない。ずっとそばにいる。約束するよ」

医師の言葉はしみわたるように、女性の胸をあたたかく満たした。

このぬくもりを信じたい。そう感じた女性は、人生最大の決断をすることを決めた。


結婚しても医師は変わらず優《やさ》しかったが、女性の寂しがり屋は相変わらずだった。妻となった寂しがり屋の女性に、医師はある提案をした。

「畑を作ろう。畑だったら1年中、何かしら育てられるから、きっと寂しくならないよ」

医師の言ったとおり、作物《さくもつ》に触《ふ》れることは女性の心をずいぶん慰《なぐさ》めた。野菜を育てて、それを食べ、時期が終わったらまた新しい野菜の種をまく。それが芽吹《めぶ》いて花を咲《さ》かせ、実った野菜は2人の食卓《しょくたく》にのぼるか、また来年のための種になる。「生命《いのち》がめぐり続ける植物なら、きみを寂しくしないだろ」という医師のアイデアは、彼女の暮《く》らしも心も大きく変えた。

プロポーズのときに医師から贈《おく》られた指輪をなくしたときに女性は数週間泣き続けたが、それ以外に、寂しくて泣くことはなかった。結局のところ、彼女の気持ちを変えたのは、畑の植物たちと、医師の存在なのだった。


——しかし、数年後。

女性の心の寂しさを埋《う》め、かわりに幸福を与えてくれた医師は、残酷《ざんこく》な病《やまい》に命を奪《うば》われ、女性の前から姿《すがた》を消した。

女性は泣き続けた。泣いて泣いて泣き続けて、それでも、これまでの人生で経験したことのないほどの寂しさは埋《う》まらない。愛する人の温度が感じられなくなったからっぽの家が、またいっそう寂しくて、女性はその地を去る決意をした。

「別れたんじゃない。また生まれ変わって出会えるんだ」

涙は、すでにかれていたが、そう思わないと耐《た》えられなかった。そして、女性は、からっぽの家をあとにした。

最後に、引き出しの中に残っていた、何かの種を畑にまいて。

――長い長い時が流れた。あれ以来、ひとりで生きてきた女性は、自分の命の刻限《こくげん》を悟《さと》った。この世から消えてしまうのなら、できるだけたくさんの思い出を持っていきたい。そのほうが、あの世へ向かうひとりぼっちの道中も寂しくなくてすむだろうから。

老いた女性はそう考えて、思い出が残る土地をめぐる旅を始めた。

そして女性は十何番目かに、ただひとりの夫と暮《く》らしたその地を訪《たず》ねた。

しかし、そこにかつての家はなかった。畑もすっかり荒《あ》れ果《は》てていて、あのころの幸福な面《おも》影《かげ》はどこにもない。

「来ないほうが、よかったのかもしれない……」

どうしようもない寂しさに、胸が潰《つぶ》れそうになる。からっぽになってしまった心では、この寂しさの重みには耐《た》えられない。

女性は立ち去ろうとして、背中《せなか》を向けた。すると、視界《しかい》の端《はし》にわずかな光が見えた。視線を戻《もど》すと、そこには小さな木があった。まだ数の少ない葉が陽光を跳《は》ね返《かえ》したのだろうか。引きつけられるように、女性はその小さな木に歩み寄った。

その木は、背中の曲がってしまった女性よりもまだ低く、肩《かた》に届《とど》くか届かないかくらいの高さだ。なんの木だろうと考えて、女性はふいに思い出した。

この場所は、女性が家を去るときに、何かの種をまいた場所だ。

「そう……あなた、こんなに育ったのね」

目尻《めじり》のしわを深くして、女性はまだ若い葉に指先で触《ふ》れた。あのときの種が芽吹《めぶ》いて育ち、空を目指している。それは女性にとって、少しだけ慰《なぐさ》めとなった。

きらりと、先ほどと同じように光が反射《はんしゃ》する。それは、しかし艶《つや》やかな葉に反射《はんしゃ》されたものではなかったことに女性は気づいた。

木の、まだほんの細い枝。女性の胸元に懸命《けんめい》に張り出そうとしている一枝に、何かがかかっている。遠くからは、それが何かはわからない。女性は近づいて見てみる。

はじめ、近づいて見ても、それが何かはわからなかった。いや、正確に言うと、信じられなかった。それは、いつか女性がなくしてしまった婚約《こんやく》指輪だった。

「まさか、こんなところに……」

女性の震《ふる》える指先が指輪に伸《の》びる。その指輪に触れた瞬間、女性の頬《ほお》に光るものが流れた。

――生まれ変わってもきみと結婚したい。


女性の耳元で、あのときの彼の言葉が、たしかに聞こえた。

指輪がかかった枝は、自分に指輪を差し出してくれた最愛の人の姿《すがた》に重なった。

「ほんとうに、生まれ変わってくれたのね」

女性の頬をぬらしてこぼれた雫《しずく》が、彼の足下を潤《うるお》すように地面に吸《す》い込《こ》まれていった。

この木なら、寂しい時間も自分に寄《よ》り添《そ》ってくれるかもしれない。いいや、この木がそばにあるならば、残された時間は、寂しいものではなくなるだろう。

この木のそばで、この木とともに。あのころのように、とりどりの野菜を育ててみようと、女性は思った。


（作　橘つばさ）

光の射《さ》す彼方《かなた》へ

生暖《なまあたた》かい空気と暗闇《くらやみ》が、集落を包んでいた。その集落には、数組の家族が住んでいる。そして、集落から遠くの彼方《かなた》に、光が射《さ》している。

集落に住む家族は、みんな、大家族でたくさんの子どもたちがいた。同じ年ごろの子どもが多かったので、家族の枠《わく》を超《こ》えて、その集落の者同士、とても仲がよかった。

その集落の中に、少し変わった若者《わかもの》がいた。彼は「光が射す彼方」に興味津々《きょうみしんしん》だったのだ。では、なぜ、「光が射す彼方」に興味を持つと変わり者扱《あつか》いされるのか。それは、村の掟《おきて》により、その光に近づくことが禁じられていたからだ。

それでも彼《かれ》は、光の先に何があるのか、見てみたかった。そして、事《こと》あるごとに集落を出ようとする。そんな彼を、母親は叱《しか》りつけた。

「何回言えばわかるの!? 決して村から出てはいけないよ。外にはとても怖《こわ》い魔物《まもの》が住んでいるの。恐《おそ》ろしく残酷《ざんこく》で、ただ私たちを殺したいという理由だけで、私たちに襲《おそ》いかかってくるの!!」

この集落の居心地《いごこち》はよかった。気候もよく、仲間もみなやさしい。でも、光の射すところに何があるのか。そこには、自分の知らない広い世界があるのではないか。ただ彼は知りたかったのだ。

それに食糧《しょくりょう》の問題もある。小さな集落だったから、食べ物が足りない日もある。そんな日は、光が射していない暗くなる時を待って、集落を出て食糧を調達しに行くのだ。警戒《けいかい》を怠《おこた》らない大人たちの指導で、その遠征《えんせい》は少数精鋭《せいえい》の選抜《せんばつ》されたメンバーで行われた。

この選抜メンバーは、集落そのものの存亡《そんぼう》という重大な責任も背負《せお》っていた。それは食糧のことだけではない。魔物に集落の場所を知られたら、集落ごと壊滅《かいめつ》させられるかもしれないからだ。

変わり者の彼が、遠征メンバーに憧《あこが》れていたのには、兄の影響もあった。彼の兄は遠征メンバーであった。

「兄さん、今日もこんなに食糧を持ってきてくれたの!? ありがとう! かっこいいな、兄さんは！　僕も、いつか兄さんのように、外の世界を自分の目で見てみたい！」

「お前も、いつか家族や村のために勇気を出すんだぞ‼」

彼が兄の話を目を輝《かがや》かせながら聞いているのを、母親は何とも言えない複雑な顔で見ていた。

母親が「光の射す彼方」に対して、ほかの者以上に警戒をし、子どもたちに厳《きび》しく注意するのには理由があった。

母親の脳裏《のうり》には戦慄《せんりつ》の記憶《きおく》が刻《きざ》まれていたからである。

子どもたちの父親は、集落に食糧がなくなったとき、皆が止めるのも聞かず、「光の射す彼方」の中に飛び出していき、そのまま帰ってこなかった。帰ってくるはずはないことを母親は知っていた。なぜなら、彼女もまた夫と行動をともにし、自分の目の前で夫を魔物に殺されたのだから。夫は、彼女の命を、自分がおとりになって守ってくれたのだ。

母親は今でも、あのとき集落を飛び出したことをずっと後悔《こうかい》していた。

そんなある日、若者の兄が大怪我《おおけが》をして遠征から帰ってきた。母親は顔色を変えて問《と》い詰《つ》めた。

「まさか、光が射しているときに外に出たの？　まさか、あとをつけられてはいないでしょうね!?」

「違う……いつも通り暗いときに……でも突然《とつぜん》光が射して……そしたら目の前に見たこともない恐ろしい生き物が……。母さん、母さんは僕の怪我より、魔物のことが気になるの？」

それが兄の最期《さいご》の言葉だった。

「兄さん!!!」

集落は悲しみに暮《く》れた。しかし、悲しんでいる余裕《よゆう》はなかった。

さっきまで暗かったはずの集落に、今、光が射している。それは、危険《きけん》のサインである。

そして集落に、紫色《むらさきいろ》のガスが流《なが》れ込《こ》んできた。

「なんじゃこれは？」

集落の年寄りが、そのガスに触《ふ》れた瞬間《しゅんかん》。

「ギャ――――」

年寄りは、聞いたことのない恐ろしい悲鳴を上げて泡《あわ》を吹《ふ》いて倒《たお》れた。

母親は、すべてを察《さっ》して叫《さけ》んだ。

「みんな、逃《に》げるのよ!! ここはもう安全じゃない!!」

そこからは、まさに地獄絵図《じごくえず》だった。

集落の大半の者は、紫色のガスに飲み込まれ、次々と死んでいった。若者も、恐怖《きょうふ》と悲しみをグッとこらえて、逃《に》げまどうしかなかった。

つぶされる者、しかけられたトラップにからめとられ動けなくなった者……、彼もまた死を覚悟《かくご》した。どうせ死ぬなら、光の射すところへ。

彼は光を目指し飛翔《ひしょう》した。

「ギャ――――!」

悲鳴が耳をつんざく。それは、自分の悲鳴なのか、誰《だれ》かの悲鳴だったか。

「うわー、ビックリした! いきなり飛ぶんだもん。悲鳴を上げちゃったよ。それにしても、冷蔵庫《れいぞうこ》のウラにこんなにいたなんて、ほんと気持ち悪い! 一匹いると何十匹もいるって、本当だったんだね。コイツら、見るのもダメ。地球上からいなくなればいいのに」

害虫スプレーで動きを奪《うば》われた黒い者たちは、つぶされ、ティッシュにくるまれ、トイレに流された。

（作　難波一宏）

神様からの贈《おく》り物《もの》

メイウェザー夫人は、敬虔《けいけん》なクリスチャンである。

食前のお祈《いの》りは欠かさないし、日曜日には必ず、教会の礼拝《れいはい》に参加した。聖書《せいしょ》の教えにしたがって正しく生きることが、メイウェザー夫人にとって何より大切なことだった。

そんなメイウェザー夫人にとって、人を疑《うたが》うことは、とても罪深《つみぶか》いことだった。人間は神様の子ども。神様の子どもである人間を疑うことは、赦《ゆる》されない罪だと信じていたのだ。

ある日曜日、いつものように教会で祈りをささげ、神父に別れを告げて教会をあとにしたメイウェザー夫人は、自宅へ戻《もど》る途中で、ふと気づいた。

「いけない、教会にハンドバッグを忘《わす》れてきたわ」

来た道を引き返して、メイウェザー夫人は教会に戻った。そして、自分が座《すわ》っていたイスのまわりをくまなく探した。けれども、ハンドバッグは見つからなかった。

メイウェザー夫人の脳裏《のうり》に、他人への疑いの思いがよぎった。もしかして、ハンドバッグは盗《ぬす》まれたんじゃないかしら。しかし、その思いをメイウェザー夫人は必死に振《ふ》りはらった。

「いけない、人を疑うことは罪よ。この教会に、他人の物を盗むような罪人《つみびと》はいないはず。私ったら、何を愚《おろ》かなことを考えているのかしら」

メイウェザー夫人は、ハンドバッグを探し続けた。しかし、教会の中のどこを探しても、庭を見て回っても、やはりハンドバッグはどこにも見つからない。

「これはきっと、神様が私にあたえてくださった試練《しれん》に違《ちが》いないわ。そして、その試練に、私は負けた。一度でも人を疑った時点で、私はもう、罪人なのよ。ハンドバッグが見つからないのは、その罰《ばつ》に違いないわ」

そう思ったメイウェザー夫人は、礼拝堂の祭壇《さいだん》の前にひざまずき、十字架《じゅうじか》を見上げた。神様に赦《ゆる》してほしいとお祈りをしようと思ったのだ。

そこへ、神父《しんぷ》がやってきた。

「どうされたのです、メイウェザーさん」

「あぁ、神父さま。私は大変な罪を犯《おか》してしまいました」

「では、神にかわって私が、あなたの懺悔《ざんげ》を聞《き》き届《とど》けましょう、神さまに赦《ゆる》していただけるように、心の底から懺悔し、そして祈るのです。さあ、懺悔室へおいでなさい」

「はい」

懺悔室に入ったメイウェザー夫人は、教会に置き忘れたハンドバッグを、誰かが盗《ぬす》んだのではと疑ってしまったことの罪を、神父に告白した。すべての懺悔を聞き終えて、神父は言った。

「祈りなさい」

メイウェザー夫人は祈った。

「もうハンドバッグは要《い》りません。だからどうか、罪深い私を、お赦《ゆる》しください」

すると神父は、何も言わず立ち上がって、懺悔室を出ていってしまった。メイウェザー夫人はうなだれ、そして思った。

「もうだめだわ。私は、神父さまも見放すような、大変な罪を犯してしまったのだわ。もう取り返しがつかないわ」

涙《なみだ》が、頬《ほお》をつたった。ぬぐってもぬぐっても、涙があとからあとからあふれだしてくる。ついにメイウェザー夫人は、大声をあげて泣きだした。

そこへ、神父がふたたび戻って来た。そして、メイウェザー夫人に言った。

「さあメイウェザーさん、顔を上げてください」

メイウェザー夫人は、鼻をぐすぐすさせながら顔を上げた。涙で前がよく見えない。その涙をぬぐって、神父の顔を見た。

「あなたが置き忘れたというのは、このハンドバッグですか？」

神父が何かを差し出した。メイウェザー夫人はもう一度、目をごしごしとこすって、神父が手に持っているものを見つめた。それは、メイウェザー夫人のハンドバッグだった。メイウェザー夫人の涙は、歓喜《かんき》のそれに変わった。

「そうです、これです。ありがとうございます。ああ、神さま、私を赦してくださったのですね。ありがとうございます……ところで神父さま、このバッグはどこにあったんです？」

「あなたの座っていた席の下に落ちていましたよ。用心のため、私があずかっていたんです。誰《だれ》かに持っていかれては大ごとですからな」

「そうだったんですか、ありがとうございます……」

と何度も頭を下げるうち、メイウェザー夫人の頭に、一つの疑問が浮かんだ。

「神父さま。この教会で、他人のバッグを盗むなんて人、いるんでしょうか？　もしかして神父さまは、そういう人がいると疑《うたが》っておられたのですか？」

「私が、この教会の信者を疑ったと？　そんなわけないじゃないですか!?」

「すみません、私、よりによって今度は神父さまを疑ってしまいました。でも先ほど、『誰かに持っていかれては大ごと』とおっしゃいませんでしたか？」

「それは、メイウェザーさんの誤解《ごかい》です。私はただ、こう思ったのです。もしかしたら、ハンドバッグを見つけて、『ああ、これは神様からの贈《おく》り物《もの》だ』と思って持ち帰る人もいないとは限《かぎ》らない。だから一応、あずかっておいたのです」

うまく取りつくろったけれど、神父さんは、本当は教会に来る人を信じてはいないのではないだろうか？　メイウェザー夫人は、ふと思った。でもそんな神父への疑念《ぎねん》をすぐに頭から追い出した。だって、人を疑うことは罪だから。

（原案　欧米の小咄、翻案　蔵間サキ）

過去という未来への旅

高校の卒業式。校門前。

気がつくと僕は、違《ちが》うクラスの女子を追いかけ、声をかけていた。

「きれいな髪《かみ》ですね」

名前も呼《よ》ばずに、いきなり「きれいな髪ですね」なんて、会話の入りとしては、なんて不自然なんだろう。なのに君は、ぜんぜん動揺《どうよう》した様子もなく、ゆっくりと立ち止まって振《ふ》り返《かえ》った。その顔は微笑《ほほえ》んでくれていた。気のせいかもしれないけど、まるで前から僕のことを知っていて、ずっと待っていたかのような、そんな笑顔に感じた。

その笑顔を見た瞬間《しゅんかん》、なぜだか全然わからないけれど、僕の胸《むね》には猛烈《もうれつ》な懐《なつ》かしさがこみ上げてきた。懐かしくて、そして、涙《なみだ》がこみ上げてきた。

「ありがとう」

と髪をかき上げながら、君は言った。

その一言《ひとこと》で、十分だった。声をかけたからと言って、その後の展開《てんかい》に期待していたわけではない。学校で一番の美人の彼女の笑顔を間近《まぢか》に見られただけで、僕はそれで十分だった。だから、その後、彼女と付き合えることになった時には、僕は、自分のことなのに、心の底から驚いた。かなうはずのない夢が、かなってしまった。

僕にとっては夢の出来事であったが、2人で手をつないで散歩をしたり、公園の芝生《しばふ》でレジャーシートを広げて手作りのサンドイッチを食べたり、ベンチに座《すわ》ってそれぞれ別の本を読んだり、……それは、とてもささやかで、そして幸せな夢だった。彼女はそういう時間の使い方が好きな人だった。

高級なレストランで食事したり、何かのイベントに出かけたりすることに、彼女はなんの興味も示さなかった。

彼女は言った。

「おいしい料理は好きだけど、周囲のお客さんたちにまで気を使ってすごす時間なんて、あまり楽しくない。それに、周《まわ》りに気を使う力があるなら、その力はぜんぶ、あなたに使いたいの」

彼女がそう言ってくれることは、ものすごくありがたかった。そもそも僕は貧乏《びんぼう》で、大学の授業料と物理学の本を買うために、バイトで稼《かせ》いだお金のほとんどをつぎ込《こ》んでいた。お金のかかるデートなんて、したくてもできなかったのだ。

2人の会話も、近所の洋菓子店《ようがしてん》のケーキについてだったり、道に咲《さ》いたなんとかという花がどんなふうにキレイだったとか、他愛《たあい》のない、それでいて、素敵《すてき》な話が多かった。どんなことでも、僕が真剣《しんけん》に話すとき、彼女は茶化《ちゃか》すことは絶対にせず、真剣に聞いてくれた。たいていの人が笑ってとりあわない僕の夢も、熱心に聞いてくれた。

「僕の夢は、過去《かこ》に旅することなんだ。将来《しょうらい》、タイムマシンを作りたい」

「作れるよ。絶対に作れるからがんばって」

「ほんと？」

「私が保証《ほしょう》する！」

ここまで僕の才能を信じてもらえるなんて、初めてのことだった。だから逆に、僕のほうがとまどってしまって、つい、聞いてしまった。

「保証するって、どうしてそんなに自信満々なの？」

「自信じゃないわ。だって、そうなるって決まってるから」

「まるで予言者みたいだね」

「そうだよ」

「え？」

「私、未来のこと、分かるんだ」

「はは、いいね。僕はタイムマシンを作って過去を知る、君は未来を知っている。僕たちなら過去、現在、未来、ぜんぶが見通せるね」

「見通せるよ。だって、すべて、何度も体験したことだから。ただし、あなたの場合は一瞬《いっしゅん》だけ。未来も過去も、見られるのは一瞬だけ」

「僕は一瞬で、君は全部？　よくわからないけど、なんだかずるいなぁ」

「まぁ、そういう運命だからしかたがないよ。気にしないで」

「じゃあ、未来を見通せる君に質問」

「なに？」

「僕らはこの先、どうなるでしょう？」

「結婚《けっこん》するよ」

「え？」

「結婚する。で、幸せになるよ、私たち」

ドキッとした。でも、君はいつものように微笑《ほほえ》んでいた。最初に声をかけた時と同じ、懐《なつ》かしそうな表情で微笑んでいた。

そして僕らは本当に結婚した。もちろん、僕は、彼女の予言が当たったなどとは思わなかった。結婚するのは僕と彼女の意志だし、偶然《ぐうぜん》じゃないからだ。

それはともかく、結婚生活は僕にとって、とても新鮮《しんせん》だった。逆に彼女は、起こることすべてを懐かしそうに、大切に味わっているようだった。

体験のしかたは違《ちが》っていたけど、それでも幸せという点では共通していた。でも、その幸せは、長くは続かなかった。彼女が病《やまい》に倒《たお》れたからだ。

医者は、気の毒そうに言った。

「もう少し早く病院に来てくだされば……」

「どういうことです？」

「残念ですが……余命《よめい》はあと一ヵ月ほどです」

僕は泣《な》き崩《くず》れた。でも、彼女はまったく動揺《どうよう》せず、むしろ僕を慰《なぐさ》めるように言った。

「大丈夫《だいじょうぶ》、大丈夫よ」

「……」

「私、こうなることも、知ってたから」

「なんで、そんなウソをつくんだよ！　なんの慰めにもならないよ!!」

怒鳴《どな》ってしまった。苦しいのは彼女のほうなのに、もうすぐ彼女と別れなければならないと思ったら、冷静ではいられなかった。今の僕に、彼女の冗談《じょうだん》、予言話という冗談に乗っかる余《よ》裕《ゆう》なんてなかった。

「もし運命がわかってるなら、なんでもっと早く治療《ちりょう》を受けなかったんだよ。もっと前に治療すれば、病気だって治せたはずじゃないか！」

「……運命は変えられない。でもそれは、幸せなことでもあるのよ」

「言っていることの意味がわからないよ！　わかりたくもない！」

「また会えるから、大丈夫だよ」

「……」

「卒業式の日に、また会いに来て。あの校門の前で、また私に話しかけて。私、必ず振《ふ》り向《む》くから」

一ヵ月はまたたく間に過ぎて、彼女は息を引き取った。その日から、僕はすべてのエネルギーを研究に注いだ。もちろん、彼女に声をかけた、あの瞬間に戻《もど》るためだ。

彼女の運命は、僕が変える。

「また会いに来て」

過去に行こう。過去に行って、彼女に会う。そして、すぐに病院に連れて行くのだ。もう手《て》遅《おく》れとは言わせない。出会った時のあの瞬間に戻《もど》って、彼女の病気を治して、ふたたび幸せに暮らす。そのために必要なもの、それは、タイムマシンだ。

研究に手を貸してくれる人は誰もいなかった。それどころか、「バカな真似《まね》は止《や》めろ」とあきれられるばかりだった。さげすみの視線《しせん》を浴び続けながら、僕は研究に没頭《ぼっとう》した。そして30年後、ついにタイムマシンを完成させた。

世紀の大発明だ。しかし、世間《せけん》で評判になることはなかった。なぜなら、タイムマシンが完成したことを誰にも教えなかったからだ。世間に公表すれば、バカにした人たちを見返すこともできただろう。でも、そんなことはどうでもよかった。僕がタイムマシンを作ったのは、一《いっ》刻《こく》も早く彼女に会いたい、そのためだけだったからだ。

僕は、タイムマシンに乗《の》り込《こ》み、行く先を、初めて彼女に声をかけたあの日、あの場所に設定した。たどり着いたとき、僕は、声をかけたときの僕に同化しているはずだ。スタートボタンを押《お》してまもなく、周囲が真《ま》っ暗闇《くらやみ》に包まれた。猛烈《もうれつ》な重力が、体にかかった。

すべての記憶《きおく》が、逆回しの映像《えいぞう》となって現れた。「また会えるよ」と言った彼女の、穏《おだ》やかな表情。「余命一ヵ月」という宣告を受けた時の、僕のショック。「結婚するよ」と言った彼女の確信に満ちた表情。それに対する僕の驚《おどろ》き……。

はっとした。彼女は過去も未来も全部知っていると言っていた。「何度も体験したことだから」とも言っていた。彼女はもう何度も、これらの経験を繰り返しているのかもしれない。

公園でのデートも、ケーキについての会話も、すべて。

それにひきかえ、僕は……それらの体験のすべてが新鮮だった。新鮮だったのは、すべてが初体験だったからだ。ということは……あの卒業式の日にたどり着いたとき、僕はすべての記憶を失ってしまうのだろう。彼女と結婚することも、幸せな時間が長くは続かないということも、彼女が病気になっていることも、すべて忘《わす》れてしまう……彼女の病気は治せない……だから「運命は変えられない」のだ……。

薄《うす》れゆく意識の中で、しかし僕は、それでもいいと思った。たとえ別れが来るとしても、僕はまた何度でも君に出会える。無限のループの中で……。

気がつくと僕は、違うクラスの君を追いかけ、声をかけていた。

「きれいな髪ですね」


（作　吉田順）

泥《どろ》棒《ぼう》と占《うらな》い師《し》

泥《どろ》棒《ぼう》という仕事を始めて、10年近くになる。この仕事はどうやら自分に向いていたようで、一度も誰《だれ》かに見つかったことはないし、警察から容《よう》疑《ぎ》をかけられたこともない。たぶん天才なのだろう。

泥棒といっても、私の仕事は、コソ泥や空《あ》き巣《す》とはわけが違《ちが》う。私のやり方で最も重要なのは変《へん》装《そう》だ。

ほっかむりをした泥棒なんて、マンガの中だけ。最近の泥棒は、スーツ姿《すがた》でビジネスマンに変装している……なんことをよく聞くが、もちろん私の変装はそんなものでもない。魂《たましい》の内側まで他人になりかわる。それが私の変装だ。誰も私の変装は見破れない。

――変装の天才にして、天才的な泥棒。

私のやり方はこうだ。まず、金持ちが参加する大きなパーティーを見つける。次に、そこに出入りする重要な人物に当たりをつける。あとは、その人物の性格や経歴や癖《くせ》を徹底的《てっていてき》に調べて、外見だけでなく、完全にその人物になりすますのだ。

その人物になりかわってパーティー会場へ入《はい》り込《こ》み、隠《かく》れることなく堂々と振《ふ》る舞《ま》う。特別な場所に集まる人間というのは、相手に見覚えがあると、とたんに安心する。適当に立ち話をするうちに彼らはどんどん油断していくので、隙《すき》をついて彼らのポケットやハンドバッグから、金やアクセサリーを盗《ぬす》み出すという方法だ。

用が済《す》んだら時間を見て、そっと会場を抜《ぬ》け出《だ》せばそれでおしまい。周囲に人がたくさんいる場所でも、誰にも気づかれずに私はそういうことができる。なぜかというと、天才だからだ。

この間も、大きなホテルで催《もよお》されたパーティーに、有名作家のフリをして入り込んだ。余裕《よゆう》だった。本物の大先生は、ロープでぐるぐる巻《ま》きにして、トイレの個室《こしつ》に閉《と》じ込《こ》めておいた。

そのまま放っておいてもいいのだが、それだとホテルの従業員《じゅうぎょういん》に発見されて騒《さわ》ぎになるので、私は帰り際《ぎわ》にちょっと立ち寄って、ロープをゆるめてやることにしている。そうすれば彼らは自力《じりき》で脱出《だっしゅつ》するからだ。

金持ちで有名な人間は、だいたいにおいて、恥《はじ》をかくことを嫌《きら》う。自分が誰かにつかまって閉じ込められていたなんて、恥《は》ずかしくて人には言えないのだ。それに、彼ら自身の金品《きんぴん》を盗《ぬす》むことはしない。また彼らが犯人だと疑《うたが》われるようなミスを、私が犯すはずもない。だから警察に通報する者はいない。そういうわけで、私の犯行は誰にも知られずに済んでいる。

10年近く泥棒をしている間に、私は何度か整形手術をした。もとの顔はとっくに忘《わす》れてしまったし、特殊《とくしゅ》な手術で指紋《しもん》や掌紋《しょうもん》も変えている。手相《てそう》も変わったのだから、私の運命も変わってしまっているだろう。気にしてはいない。運命は自分で切り開くものだ。

しかし、今回ばかりはちょっとハラハラする局面に立たされていた。

今、私は、とある大富豪《だいふごう》の誕生会《たんじょうかい》に入り込んでいる。海沿《うみぞ》いの豪勢《ごうせい》なホテルのパーティールームで、周囲を見回せばテレビで見たことのある顔ばかりだ。

向こうでワインを飲んでいるのは自動車会社の社長だし、反対側で葉巻《はまき》をくゆらせているのは大物映画監督《おおものえいがかんとく》だ。そして彼らに近づく女たちは女優かモデルのように美しく、存在感のある者ばかりだった。

今回、彼女たちから金品をいただくと決めている。こういうところに来る女たちは、アクセサリーをたくさん用意しているのだ。なぜかというと、いざパーティーが始まって他の参加者と会ったとき、たとえばペンダントやイヤリングが同じデザインだったりすることがある。そういう場合、格下《かくした》の者が別なアクセサリーに取《と》り替《か》えなくてはいけない。そうしないと格上の女性の機嫌《きげん》が悪くなるからだ。だから、参加者の女性たちのハンドバッグを漁《あさ》れば、それなりの宝石がたくさん手に入るのだ。

ちなみに、私が今回変装したのは、この誕生会に招待されていた将棋《しょうぎ》のプロ棋士《きし》・柳田幸夫《やなぎだゆきお》九段《くだん》である。黒髪《くろかみ》を七《しち》・三《さん》に分け、銀縁《ぎんぶち》のメガネにグレーの上等なスーツで決めている。

彼に狙《ねら》いをつけたのには、いくつか理由がある。将棋のような特殊《とくしゅ》な世界のことは、ふつうの人間はたいして知らない。だから、人と話したときに適当なことをしゃべっても怪《あや》しまれることがない。それに、彼は独身《どくしん》だ。奥《おく》さんからホテルに連絡《れんらく》が入ることもない。

加えて、これはある意味、重要な理由なのだが——彼の腕《うで》っ節《ぶし》が弱そうだというのもある。ロープで縛《しば》るとき、無駄《むだ》に抵抗《ていこう》されて手を焼きたくない。

というわけで、狙《ねら》いは完璧《かんぺき》なはずだった。しかし、誰《だれ》にでもミスはある。

今日の午後、パーティーが始まる前のことだ。いつものように完璧な変装をした私は、柳田九段の家に押《お》し入《い》って、彼を縛《しば》りあげて入《い》れ替《か》わる予定だった。

彼の住んでいる高級マンションはセキュリティが厳《きび》しいことで有名だが、そこは、天才の私のことだ。部屋まで侵入《しんにゅう》するのは朝飯前《あさめしまえ》だった。いきなり自分と同じ顔をした人間が入ってきたのだから、彼もさぞ驚《おどろ》いたことだろう。

私は、彼が驚いて固まっている間に襲《おそ》いかかった。そのときだった。火事場の馬鹿力《ばかぢから》なんて言葉があるが、それだったのかもしれない。

ともかく彼はすごい力で刃向《はむ》かってきた。私は全力で彼をねじふせた。気づいたら、彼は動かなくなっていた。私はやってしまったと思った。泥棒ではあっても、強盗ではない。これまでに、人を殺したことはなかった。彼に攻撃《こうげき》され、右手を負傷《ふしょう》し、それでカッとなってしまったのだ。

ともかく、ここまできたら後にはひけない。私は気持ちを切り替えて、この会場までやって来た。

言《い》い忘《わす》れていたが、技術の進歩とはすごいもので、最近は整形しなくても変装ができる。薄《うす》い膜状《まくじょう》の特殊《とくしゅ》なシートを顔に貼《は》り付《つ》けて、そこに少し細工すると、別人の顔ができ上がるのだ。このマスクは、これまた特殊な薬剤《やくざい》を使わない限り絶対にはがれないし、見ただけでは誰も変装だなんて思わないほど精巧《せいこう》だ。会場にはたくさんの人がいるが、今のところ誰にも怪《あや》しまれていない。

ところが、パーティーも半《なか》ばに差《さ》し掛《か》かったときのことだ。ステージに立っているひげ面《づら》の司会者が、こんなことを言いだした。

「お集まりの皆様《みなさま》。今夜は一つ、余興《よきょう》をご用意しております」

パーティー会場にひしめく人間たちがざわつき始める中、ひげの司会者が一人の男を壇上《だんじょう》に上がらせた。

「実は本日、かの有名な占《うらな》い師《し》、梅田洋一《うめだよういち》先生をお招きしております」

一斉《いっせい》に拍手《はくしゅ》が沸《わ》きおこる。あの男の顔は見たことがある。人相を見ただけで、その人物の運命をピタリと当てることで有名な占い師だ。

「梅田先生のこれまでの実績は、皆様もご存《ぞん》じのことでしょう。私生活が謎《なぞ》につつまれた、かの女優の結婚時期や、アメリカ大統領選挙の結果もピタリと当てました。本日は、この梅田先生に皆様を占ってもらいましょう。どなたか希望者はいませんか？」

周囲がざわついたが、手を挙げる者は誰もいない。皆、自分の未来を知りたくもあり、知るのが怖《こわ》くもあるのだろう。場を白けさせないようにするためか、司会者が言う。

「本日は、将棋界の宝、柳田幸夫九段もいらっしゃっております。柳田先生はもうすぐ名人戦を控《ひか》えておられます。ここは一つ、その結果を見てもらうというのはどうでしょうか？」

司会者のそばで、やけに太った老人がうんうんとうなずいている。あれは今日の誕生会の主賓《しゅひん》だ。まわり中から拍手が起きた。なんて悪趣味《あくしゅみ》な余興《よきょう》だ。しかし、柳田幸夫を研究しつくした私は知っていた。柳田は、こんな失礼なお願いも断れない男だということを。私の仕事は目立ってはいけない。しかし、この申し出を断ることは、より目立つことになる可能性もある。仕事がやりづらくなるのは確実だ。

しかたがない。こういうときは、さっさと言うことを聞いてやり過ごすに限る。そのほうが記憶《きおく》には残らないはずだ。たくさんの人の目にさらされることと、たくさんの人の記憶に残ることとは違《ちが》うのだ。私はそう決意して、司会者に向かって答えた。

「わかりました。有難《ありがた》く受けましょう」

そして壇上に上がり、占い師・梅田洋一と真正面に向き合った。梅田は変装した私の顔をじっとのぞきこむ。私は自分に言い聞かせる。大丈夫《だいじょうぶ》だ。絶対に見破られない自信がある。

ところが、驚《おどろ》くことに梅田は私の顔に手をのばしてきた。触《さわ》られるのはさすがに危険《きけん》だ。私は反射的《はんしゃてき》にその指先を払《はら》い、あわてて言《い》い訳《わけ》する。

「すみません。最近、ちょっとしたアレルギーになってしまいまして。じかに触られると、肌《はだ》がかぶれてしまうんです」

苦しい言い訳だったが、梅田はすぐに謝《あやま》った。

「それは失礼。大事な名人戦の前に、失礼しました。もちろん、触らなくても、人相を見ることはできます」

そしてさらに私をじっと見る。ものすごく長い時間に感じられたが、実際にはほんの数十秒といったところだろう。やがて梅田は、ぽつりぽつりと話し始めた。

「柳田九段は、いつも前向きな気力に満ちあふれておられる。今回の勝負に挑《いど》む心意気《こころいき》は、たいそうなものです。きっと、あなたは成功するでしょう」

私は額《ひたい》に冷《ひ》や汗《あせ》を感じながら答える。

「そ、そうですね。何としても勝ちたいと思っています」

「一つだけ、アドバイスがあります。『香車《きょうしゃ》』には、くれぐれもご注意ください」

ほかにもいくつか当《あ》たり障《さわ》りのないことを言われ、その後、私は解放された。拍手が巻き起こる中、私はへこへこと頭を下げて壇上から降《お》りる。司会者が言った。

「柳田九段、ご協力ありがとうございました。では、他にも誰か占っていただきましょうかね」

その後、俳優《はいゆう》や実業家などが占われて、余興《よきょう》は終わった。何とかやり過ごした。私は内心でほくそ笑んだ。やはり、私の変装は完璧だ。そんなことを考えてニヤついていると、当の占い師・梅田が近寄ってきてこっそり耳打ちした。

「柳田九段。ちょっとよろしいですか？」

私もつられて小声で話す。

「はぁ、なんでしょう」

梅田は難《むずか》しそうな顔をしている。一瞬《いっしゅん》、変装がバレたのではないかと不安になったが、どうやらそうではなかった。

「実は、先ほど壇上では言わなかったことがあるのです。言っていいものか迷ってしまって…」

「そうですか。どうぞ、何でもおっしゃってください」

すると梅田はコホンと咳払《せきばら》いし、言った。

「あなたのお顔からは、情熱と自信にあふれ、自分の仕事が楽しくて仕方がないという感情が読み取れます。これまで積み重ねてきた経験と技術で、どんなに難しいことも成功させてこられたはずです」

そんなのは、柳田九段のことを知っていれば、占い師でなくても言える内容だ。しかし梅田は声をさらにひそめた。

「ところがですね。その、あなたの未来について、何も見えないのです。こんなことは初めてです」

「それは、どういうことでしょう？」

「まるで、その……いえ。何でもありません。おそらくは、将棋の世界の奥深《おくぶか》さを表しているに違《ちが》いありません。あなたの運命は、将棋の手筋《てすじ》のように複雑に入り組みすぎていて、それで簡単《かんたん》には読み取れないのでしょう。それが読めるようになったら、私も将棋の世界で活躍できるかもしれませんね。名人戦、頑張《がんば》ってください」

そして会釈《えしゃく》し、またどこかへ行った。

おれの心臓《しんぞう》の鼓動《こどう》は、相手に聞こえてしまうのではないかと思うくらい高鳴《たかな》っていた。柳田九段の運命が見えない。当然だ。この顔は、人工的に作ったニセモノの顔なのだから。それとも、私の変装が完璧なせいで、梅田はこのニセモノの顔から柳田九段の未来を読み取ったのだろうか。だとしても結果は同じだ。彼は自宅で、「未来のない死人」になっているのだから。

それにしても、変装に気づかなかったのは間抜《まぬ》けだが、あんなことを言い当てるなんて、あなどれない男だ。あの占い師がそばにいたのではやりづらい。私は食事を切り上げ、そそくさと仕事をこなすと、トイレに行くふりをして会場をこっそり抜《ぬ》けだした。

十数分後、私はそのまま建物《たてもの》の外に出て、バイクを走らせていた。海岸沿いの細い道路を軽快に走っている。今夜はきれいな満月で、風も気持ちがいい。収穫《しゅうかく》も上々で、このままどこまでも行きたい気持ちだった。

バイクを走らせながら、ヘルメットのシールドを上げる。ポケットから薬剤の入ったスプレーを取り出し、顔に噴射《ふんしゃ》する。柳田九段はバイクには乗らないから、早めに変装をときたかったのだ。柳田九段のマスクは一瞬でしわしわになり、片手《かたて》で簡単にはがすことができた。私は直線道路でバイクのスピードを上げながら、マスクを片手でクシャクシャに丸め、脇《わき》のほうへ向けてポイッと放り投げた。

そのときだった。

対向車線に、急に大きなトラックが現れた。道がカーブになっていたことに気づかなかった。焦《あせ》ってバランスを崩《くず》し、バイクがよろめいた。体勢《たいせい》を立て直す余裕《よゆう》もなく、ブレーキをかける間もなく、バイクは直進してガードレールに激突《げきとつ》し、私の身体《からだ》は空中に放り出される。下は海だ。しかも岩場で、今夜は満月だ。大潮《おおしお》で、波も強い。もしも落ちたら浮《う》かんではこられないだろう。

ちくしょう、どうしてこんなことに。変装マスクをはがした瞬間に、こんなことが起きるなんて……。

なんとか手を伸《の》ばし、ガードレールにつかまろうとする。しかし、柳田九段を殺したときの怪我《けが》のせいか、手に力が入らなかった。

さっき、占い師の梅田は言った。

「あなたの未来が見えない」

私は、占い師は、死んだ柳田九段の顔を占ったのだと思った。

しかし…梅田はこうも言っていた。

「香車には気をつけろ」と。

「香車」とは、まっすぐにしか進めない将棋のコマである。それは、カーブに気づかずに、道路を一直線に突っ走った、このオートバイのことだったのではないだろうか。

あの占い師は本物だ。彼は、完璧に変装した私の、マスクの裏《うら》の本当の顔を見て占っていたのだ。私は悔しくてならなかった。これから自分が死ぬことではなく、自分の変装の下の顔を見透《みす》かされたことが――。

（作　高木敦史）

ママからのメッセージ

「ねぇ、パパ。私はパパから生まれたの？」

4歳になる娘、ユイの言葉に、私は驚《おどろ》いた。

「なんで、そう思うの？」

「だって、うちにはママがいないでしょ。お友だちは、みんなママがいるよ」

そろそろ、きちんと話をしておかないといけないだろう。

「違《ちが》うよ。ユイもママから生まれたんだよ」

「じゃあ、ママはどこにいるの？」

「ママは、ユイが生まれてすぐに、天国に行っちゃったんだ。だから、天国からユイのことを見守ってるよ」

ユイは、不思議《ふしぎ》そうな顔をした。

「なんで、ユイとパパをおいて、天国に行っちゃったの？」

私は、心がしめつけられた。

「……ママはね、みんなより、ちょっとだけ命が短かったんだ」

「ママに会いたい」

ユイは言った。

「ママは、見えないだけで、いつもユイのそばにいるんだよ」

「会いたい！」

私は弱った。

「ごめんな、ユイ……」

私の目に、涙《なみだ》が浮《う》かんだ。

「ママに会いたい!!」

ユイは、そう言って大泣きし、私を困《こま》らせた。

――どうすればいいんだ……。ユイは、まだ子どもなんだ。やっぱり母親が必要なんだ。

私には、娘を抱《だ》きしめて、いっしょに泣くことしかできなかった。

ユイは、小学校に入学する年齢《ねんれい》になった。

私は、会社を休み、入学式に出席した。少し緊張《きんちょう》した表情で入場する娘の晴《は》れ姿《すがた》を見ると、胸《むね》が熱くなった。

その日の夜、「入学おめでとう」と言って、ユイに1枚《まい》のDVDを手渡《てわた》した。

「なぁに、これ?」

ユイが、DVDを再生する。すると、そこにはこちらを見つめる知らない女の人が映《うつ》し出《だ》されていた。

《ユイちゃん、ママだよ。やっと会えたね。小学校入学、おめでとう……》

女性はパジャマ姿《すがた》で、病院のベッドに腰《こし》かけている。やさしい笑顔で語りかけているが、顔は青白くやつれ、つらそうな様子である。

「ママ? これ、ママなの? 前に見せてもらった写真と違って、やせててつらそう…」

「病気で入院していたときのだから…。でも、これがママだよ。はじめて声を聞いただろ? ユイが小学生になったら、これを見せてくれって頼《たの》まれていたんだ」

私は、娘に微笑《ほほえ》んだ。
《ママは、ユイちゃんの成長をずっと天国から見守っていたよ。寂《さび》しいのも我慢《がまん》して、よくここまでがんばったね。ママはうれしい……》
動画のなかの妻が涙をぬぐった。
《これからも、いつもユイちゃんのこと見守っているよ。パパの言うことをしっかり聞いて、がんばるのよ》
ユイは、小さくうなずいた。
その夜、ユイは、何度もＤＶＤを再生した。母の姿《すがた》を、その目にしっかり焼き付けようとしているように見えた。

それから20年近くが経った。ユイは、結婚もし、もうすぐ母になる。
もうすぐ出産予定日だというある日の夜、私はユイを家に呼《よ》んで動画を見せた。
――母になるユイへのメッセージ。
それが妻が残した最後のメッセージである。

妻の最後のメッセージを見終えたユイが、涙をふき、そして真面目《まじめ》な顔つきになって言った。

「パパ、本当のことを言ってほしいの。ママ、本当は生きているんじゃないの？　理由を聞くつもりはないけど、ママは死んだんじゃなくて、パパとママは離婚《りこん》したんじゃないの？　だってこの前、パパとママが駅前で仲よく買い物をしているのを見たよ。動画の中のママとは年齢が違うけど、絶対に同じ人だってわかる。だって、笑ったときのクシャってなる表情が同じだったもの」

私は絶句《ぜっく》した。うかつだった。ユイに見られていたとは。ユイに何と説明すればわかってもらえるだろう。どう説明しても、わかってもらえる気はしないし、私がしたことをユイが許《ゆる》してくれるとも思えない。

——なぜ、あのとき、私はあんなウソをついてしまったのだろう。

言葉を探《さが》して、私が視線《しせん》を宙《ちゅう》にさまよわせていると、ユイが一転、ふざけたような調子で言った。

「なーんて、ウソ。わたし、知ってるよ。あの動画の中の女の人、ママじゃなくて、パパが好きな女性《ひと》なんでしょ。わたし、あの女性《ひと》——メグミさんに全部聞いたから、もう隠《かく》さないで。

……ううん、パパもわたしのことなんて気にせず、幸せになってよ」

無理に明るく努めていたユイの言葉は、最後、涙声になっていた。

私は、ユイに大きなウソをつき続けていた。ユイが言う通り、あの動画の中の女性は、死んだ妻ではなく、私が付き合っていた女性であった。

彼女――メグミとは、妻が死んでから数年後に出会い、交際をはじめた。そしてユイが死んだ妻を恋《こい》しがることに悩《なや》んだ私は、メグミに頼《たの》んで、妻を演《えん》じてもらい、ユイへのメッセージを録画したのだ。

メグミとの交際は順調に続き、私も彼女も結婚をしたい気持ちになっていた。しかし、そこには問題もあった。メグミをユイに紹介《しょうかい》するということは、「動画の中の母親」がニセモノだと、ユイに明かすことになる。メグミに対して、「ユイがもう少し成長したら真実を告げる。だから、それまで待ってほしい」と言い続けて、今に至《いた》ってしまった。私は、ユイに対しても、メグミに対しても、何とひどいことをしてきてしまったのだろう。うなだれた私の顔から、ボロボロと涙がこぼれ落ちる。

ユイが、小さく丸まった私の背中《せなか》をさすりながら言った。

「パパにとっては、わたしはいつまでも子どもかもしれないけど、わたしはもう大人だよ。もう少しで母親にもなるから、パパの気持ちも、少しはわかるよ。それに、ずっとあの動画の中の女性《ひと》を母親だと思ってきたから、メグミさんを母親だと思うことに、なんの抵抗《ていこう》もないよ」

それでも泣き続ける私に、ユイが言った。

「小さい頃、『ママが恋《こい》しい』って泣くわたしを、パパが泣きながら抱きしめてくれたこと、覚えてる？　今度は、泣くパパをわたしが支えてあげる番だよ。ね、こんなこと言えるなんて、わたし、もう大人でしょ。だから、パパも、メグミさんと幸せになって」

（作　沢辺有司、桃戸ハル）

黄金風景

子どものころの私は、本当にひねくれていた。

私の父は、地元《じもと》の名士《めいし》だった。そのせいで、息子《むすこ》の私にかかる無言《むごん》の圧力も何かと多く、無責任な期待にムカムカした私は、事《こと》あるごとに住みこみのお手伝いをいじめていたのだ。

なかでも、慶子《けいこ》という、当時16か17そこそこのお手伝いを、私は目《め》の仇《かたき》にしていた。慶子は、とてつもなく愚鈍《ぐどん》なお手伝いで、見ているだけでイライラしたのだ。

リンゴの皮をむいているときも、何を考えているのか、ぼーっとした顔で二度も三度も手を止めるから、そのたびに私が「おい！」と声をかけてやらなければならなかった。そうしなければいつまでも、リンゴとナイフを手に台所に突《つ》っ立《た》っている。

何も持たないまま、ただのっそりと台所に立っている姿《すがた》も、たびたび見かけた。頭の中身が足りてないんじゃないのか？　と、私は何度思ったかわからない。そのたびに子ども心にイライラして、父はこんな役立たずをよく雇《やと》っておくものだとさえ思った。

「おい、慶子！　一日の時間は、みんな平等に24時間しかないんだぞ！　ぼーっとしてたら終わっちゃうだろ！」

そんなふうに大人ぶって罵声《ばせい》を浴びせたり、それでも気持ちが収《おさ》まらないときは、子ども部屋に慶子を呼《よ》びつけて、千羽鶴《せんばづる》を折らせたりもした。不器用《ぶきよう》な慶子が朝から昼食もとらず、日《ひ》暮《ぐ》れごろまでかかってやっと折り上げたのは、わずか30羽ほど。しかも、私がみずから、こう折るんだぞと手本を見せてやったにもかかわらず、慶子が折った鶴は、とうてい鶴とは見えないものばかりで、あまりにひどい出来《でき》映《ば》えに、また私はイライラした。しかも夏場のことだったから、汗《あせ》かきの慶子の手で折られた鶴はみんな、ぐっしょりとぬれてしまって、よけいにみすぼらしかった。

もちろん、私には千羽鶴を贈《おく》るあてなどなかった。慶子の不器用さを笑うためだけに折らせたのだった。

そんな無惨《むざん》な鶴を、床《ゆか》にひざをついたまま、「見てください、ぼっちゃん！」と見せてくるものだから、私はついに頭に血が上って、「うるさい！」と叫《さけ》ぶなり、慶子の肩《かた》を蹴《け》った。

慶子はそのまま、無様《ぶざま》にうしろへひっくり返った。いつもと同じにのろのろと身を起こした慶子は、私が蹴《け》った肩ではなく、頬《ほお》を押《お》さえて涙目《なみだめ》になっていた。

「あんまりです、ぼっちゃん……。親にも、顔を踏《ふ》まれたことなんてないのに……この仕打ち、慶子は一生、忘《わす》れません」

顔を踏んだもなにも、私が蹴ったのは肩だっただろう。そうは思ったが、慶子が目に涙を光らせながらうめくように言うので、さすがに私も後ろめたくて、その場では言い返せなかった。

この日の出来事をごまかすように、私はますます慶子をいじめるようになった。慶子の愚鈍《ぐどん》さは年を重ねても変わらなかったし、私は年を重ねるごとに、ますますその愚鈍さにイラ立つようになった。

そんなふうに傍若無人《ぼうじゃくぶじん》に振《ふ》る舞《ま》っていた報《むく》いで、一昨年、私は父に家を追い出されてしまった。これまで好き勝手に暮《く》らしてきたので、たいした貯金もない。最初は、その日その日を食いつなぐのがやっとだったが、そのうち、なんとか物書きの仕事をすることで、人並《ひとな》みの生活を手に入れることができた。

病気になったのは、そんな矢先のことだった。

激《はげ》しい運動をしたわけでもないのに息が切れ、身体のあちこちが痛《いた》み、寝間着《ねまき》を絞《しぼ》らなければならないほどの寝汗《ねあせ》をかくこともある。あれだけ忌《い》み嫌《きら》った「のろま」で「とろい」身体に、私はなってしまったのだ。

それでも、仕事はしなければならない。働かなければ治療費《ちりょうひ》もまかなえないからだ。しかし、病《や》んだ身体で働けば、身体はさらに疲弊《ひへい》する。そんな苦しい悪循環《あくじゅんかん》に陥《おちい》った私は、梅雨《つゆ》の季節の窓《まど》の外にキョウチクトウの花が咲《さ》き乱《みだ》れているのを見て、不思議《ふしぎ》と、「ああ、私はまだ生きているんだな」と感じていた。

そのころ、40に近い小柄《こがら》な警官《けいかん》が家にやってきた。

「じつは最近、このあたりで空《あ》き巣《す》が多発しておりまして。安全の確認《かくにん》と注意喚起《ちゅういかんき》の意味もこめて、見回りを強化しているんですが……」

玄関《げんかん》でそんなことを話していた警官が、ふいに言葉をのみこんだ。そして、無精《ぶしょう》ひげを伸《の》ばし放題《ほうだい》の私の顔をじっと見つめたあと、唐突《とうとつ》に首をひねって、こう言った。

「もしかして、あなたは——のお屋敷《やしき》の、ぼっちゃんじゃありませんか?」

そう尋《たず》ねる警官の言葉には、私の故郷《ふるさと》の強い訛《なまり》があった。それに、警官が口にした屋敷《やしき》は、私が生まれ育った屋敷のことだ。

「そうですが、あなたは？」

ふてぶてしく返した私にも、警官は嫌《いや》な顔ひとつせず、そればかりか、やせた顔が苦しそうに見えるほどいっぱいの笑いをたたえて言った。

「憶《おぼ》えてらっしゃいませんか？　私、かれこれ20年近く前、ぼっちゃんのお屋敷のあるあたりで夕刊《ゆうかん》の配達をしていたんです。いやぁ、おなつかしい。まさか、こんなところで再会できるとは」

「ご覧《らん》のとおり、すっかり落ちぶれました」

私は、にこりともせずに応じた。しかし警官は「とんでもない！」と、滑稽《こっけい》なまでに大げさに首と両手を横に振《ふ》った。

「近所の人がウワサしていましたよ。この家に住んでいる人は、物書きらしいって。小説をお書きになるんだったら、それはとても立派《りっぱ》なことです。すごいじゃないですか!?」

愉快《ゆかい》そうに笑う警官に、今日までのことを説明するのも面倒《めんどう》で、私は苦笑《くしょう》した。

しばらく笑ったあとに、警官は「ところで……」と声を低くした。

「妻の慶子は、いつもあなたの話をしていましたよ」

「けいこ？」

すぐには、のみこめなかった。「お忘《わす》れですかねぇ」と、警官が帽子《ぼうし》の上から頭をかく。

「慶子ですよ。あなたのお屋敷に、住みこみのお手伝いとして働いていた」

その瞬間《しゅんかん》、私は、あの家で自分が慶子にしたことを、はっきりと思い出した。

20年近く前、のろまで、とろくて、少し目を離《はな》せばぼーっと突っ立っているばかりだった、一人のお手伝い。私が彼女にしてきた、いじめやいびりの数々が、怒濤《どとう》のように記憶の奥《おく》から押《お》し寄《よ》せてきて、私は玄関横の柱に肩から寄りかかっていた。

ぼっちゃん？　と、心配そうな目に顔をのぞかれて、よけいに思考が混乱《こんらん》する。

「結婚したんですか、彼女と…。幸福ですか……彼女は？」

突拍子《とっぴょうし》のない質問を投げた私の顔は、きっと、罪人のように卑屈《ひくつ》にゆがんだ笑《え》みを浮《う》かべていたことだろう。しかし、警官はそれには気づかないのか、「ええ、もう、おかげさまで」と屈託《くったく》なく笑って朗《ほが》らかに答えた。

「今度、慶子を連れて、こちらにうかがってもよろしいでしょうか？」

その一言に、私は肝《きも》が縮むのを実感した。いえ、わざわざそんなことしていただかなくても……と、しどろもどろに答えながら、私は、耐えがたい屈辱感《くつじょくかん》を味わっていた。あれだけ疎《うと》んじたお手伝いを今になって恐《おそ》れるなど、病気のせいで気弱にでもなったのだろうか。

しかし、私の屈辱感に警官は気づかない。

「子どもがね、この春から中学に上がりましてね。それが長男です。その下に女の子が2人いまして、一番下の子も、今年、小学校へ上がりました。慶子には苦労をかけましたが、これで一段落《いちだんらく》と言いますか……なにせ、おたくのようなお屋敷に勤《つと》めていた者は、やはりどこか、私のような者とは違《ちが》いますので」

そう言って、警官はわずかに顔を赤らめた。それから真面目《まじめ》な顔つきに戻《もど》り、背筋《せすじ》を正す。

「慶子も、始終《しじゅう》あなたのことを話しております。お顔を見れば、喜ぶでしょう。今度、休みの日に2人でご挨拶《あいさつ》にうかがわせてください」

それでは今日は失礼します。お身体、くれぐれもお大事に。

最後にぴしりと頭を下げて、警官は去っていった。いっぺんに力が抜《ぬ》けた私は、へなへなと玄関口にへたりこんだまま、小一時間も動けずにいた。

それから3日が経った。執筆に行《い》き詰《づ》まった私は、気分転換《きぶんてんかん》に外出しようと立ち上がり、玄関のドアを開けた。するとそこに先日の警官と、同年代の女性、そして2人の間に6、7歳の女の子が並《なら》んで立っていた。絵のように美しいその家族は、まぎれもなく、慶子の家族だった。品のいい女性になっていた慶子は、震《ふる》える瞳《ひとみ》で私を見つめて、ぼっちゃん……とつぶやいたらしかった。そのまなざしに、ひやりと心臓《しんぞう》が縮《ちぢ》む。それは、間違《まちが》いなく恐怖《きょうふ》だ。

「今日は、だめです。これから出版社に行かなければならないので、また改めてください！」

ウソを叫《さけ》んで、慶子が何かを言う前に、私はその場から逃《に》げ出《だ》した。一瞬《いっしゅん》見えた女の子の目が、お手伝いとして勤めていたころの若い慶子とそっくりで、ひどくのろのろとした動きで私を追いかけてくるのがわかった。

病人の身体のどこにこんな余力があったのかと思うほど、私は走って走って走って走って、浜辺《はまべ》の通りに出た。その通りを、今度は町へ向かって、おぼつかない足取りで歩いていく。どこをどう歩いたのか、ただ意味もなく、まだ開いていない居酒屋《いざかや》の看板《かんばん》を見上げたり、洋服店のショーウィンドーを眺《なが》めたりしながら、まだ強情《ごうじょう》に自分の負けを受け入れられずに、何度も身体を揺《ゆ》すぶっては、また行くあてもなく歩き始めることの繰《く》り返《かえ》しだった。

そのうち、さすがに息が切れ、家に戻《もど》ろうと思い始めた。くるりと向きを変え、来たときよりも時間をかけて道を戻り、また海辺《うみべ》に出た。

夕陽《ゆうひ》を受けて、砂浜《すなはま》が黄金に輝《かがや》いている。その輝きに海風までもが染《そ》まっていると思ったら、その風景のなかに、慶子たち親子の姿《すがた》があった。幼《おさな》い娘《むすめ》が海に向かって石を投げ、寄せてくる波にキャッキャとはしゃいだ声を上げる。それを慶子と夫が寄《よ》り添《そ》い合うように立って見つめている様子は、平和そのものだった。

ちょうどこちらが風下で、潮《しお》のにおいと夫婦の会話が流れてくる。とたんに動悸《どうき》がし始めた。

「最初にあなたが『ぼっちゃんにお会いした』と言ったときは、まさかと思ったけど」

「なかなか、頭のよさそうな青年じゃないか。きっと今に、有名な作家先生になるぞ」

「ええ、もちろん」

慶子の、どこか誇《ほこ》らしげな返事に、私は動悸を忘《わす》れて耳を疑《うたが》った。慶子の横顔は、黄金の光を受けて淡《あわ》く輝いている。私は、どうしても目が離せなくなった。

「あの方は子どものころから、ほかの子とは違ったの。いつもご自分の意見をお持ちで、意志が強くて、わたしたち目下の人間にも、親切に目をかけてくださって、たくさんお話もしてくださったんだから。そうそう、一緒《いっしょ》に鶴を折ったこともあったわ」

とてもお上手だったのよ、という慶子の言葉が流れてきた瞬間、私は、自分が立ったまま泣いていることに気づいた。

これはもう、正真正銘《しょうしんしょうめい》、私の負けだ。いくらのろまな慶子だったとしても、あれほどの仕打ちを受けて、自分がいびられていたことに気づいていなかったということはないだろう。それを自分の胸にだけ、慶子は秘《ひ》めておくつもりなのだ。

胸のなかにあった興奮《こうふん》が、涙《なみだ》で溶《と》け去《さ》ってゆくのを私は感じた。あれだけ「のろま」と笑った慶子に、私は負けた。しかし、今はそれが胸に心地《ここち》いい。まるで、病までもが溶《と》けて消えてしまったようだ。

慶子の勝利は、私の再出発にも、黄金の光をもたらしてくれるに違いない。そう思った。


（原作　太宰治、翻案　橘つばさ・蔵間サキ）

- 桃戸ハル

東京都出身。三度の飯より二度寝が好き。著書に、『５秒後に意外な結末』ほか、『５分後に意外な結末』シリーズなど。

- usi

静岡県出身。書籍の装画を中心に、イラストレータとして活動。グラフィックデザインやWebデザインも行う。

5分後に意外な結末ex　チョコレート色のビターエンド

2018年12月25日　第1刷発行
2022年11月21日　第7刷発行

編著　桃戸ハル
絵　usi
発行人　土屋 徹
編集人　芳賀靖彦
企画・編集　目黒哲也
発行所　株式会社Gakken
〒141-8416 東京都品川区西五反田2-11-8
印刷所　中央精版印刷株式会社
DTP　株式会社 四国写研

● お客様へ
【この本に関する各種お問い合わせ先】
○ 本の内容については下記サイトのお問い合わせフォームよりお願いします。
https://gakken-plus.co.jp/contact/
○ 在庫については TEL03-6431-1197(販売部直通)
○ 不良品(落丁・乱丁)については TEL0570-000577
学研業務センター　〒354-0045 埼玉県入間郡三芳町上富279-1
○ 上記以外のお問い合わせは TEL0570-056-710(学研グループ総合案内)